Boiled Oil

DANIEL KHAN

BOILED OIL

Bibliografische Information der Deutschen Nationalbibliothek.
Die Deutsche Nationalbibliothek verzeichnet diese Publikation in
der Deutschen Nationalbibliografie; detaillierte bibliografische Daten
sind im Internet über http://dnb.dnb.de abrufbar.

Lektorat, Satz, Umschlaggestaltung und Verlag: BoD · Books on
Demand GmbH, In de Tarpen 42, 22848 Norderstedt, bod@bod.de

Druck: Libri Plureos GmbH, Friedensallee 273, 22763 Hamburg

ISBN 978-3-7597-0929-5

INHALT

FRANKFURT I

Auf allen Kanälen weißes Rauschen. Nur Hessen 2 sendet das Requiem von Berlioz, wenn ich mich nicht irre.

Ich sitze in einem alten Bürosessel auf dem Dach des IG-Farben-Baus und schaue über den Park. Rechts und links stehen zwei große, karge Bäume, dahinter fällt die Wiese zur Straße hin ab.
Am Horizont die Kulisse metallisch glänzender Hochhäuser.
Ich habe ein Loch in einen blauen Müllsack geschnitten und ihn übergezogen, die Arme hängen unbeweglich herab.
Suvi schneidet mir die Haare. Die gelbe Sonne steht hinter uns und wirft unsere langen blauen Schatten den Boden entlang, am Ende des Betondachs sind sie abgeschnitten.
Die Haarbüschel fallen, schweben nach vorne über den Abgrund hinunter in den Park, während der Plastiksack im kalten Wind ratternde Geräusche macht. In meinem Schoß liegt die Asche der Zigarette, die in meinem Mundwinkel klemmt.
Suvi legt die Schere auf den Boden, stellt sich nah an den Abgrund und scheint sehr langsam zu Berlioz zu tanzen.

Kyrie eleison.
Christe eleison.

Mit den klobigen Boots und dem struppigen Haar wirkt sie so scheißandrogyn. Dann nimmt sie mit spitzen Fingern die Kippe, um daran zu ziehen. Etwas Asche fällt hinunter.

Nach dem Zweiten Weltkrieg hatten die Amerikaner den Monumentalbau als Hauptquartier für ihre in Frankfurt stationierten Streitkräfte gewählt. Als Kind lief ich jeden Tag auf dem Weg zur Schule an dem hohen Zaun vorbei, der das große Grundstück absperrte. Oft blieb ich stehen und blickte durch den Park auf die riesigen, sauber aufgereihten sieben Granitwürfel. Auf kleinen Schildern am Zaun stand:

BETRETEN VERBOTEN
FOTOGRAFIEREN VERBOTEN
ELTERN HAFTEN FÜR IHRE KINDER

Ich stellte mir damals die Geheimagenten und Wissenschaftler vor, wie sie von diesem Gebäude aus ihre Missionen planten. Doch in dreizehn Jahren sah ich niemals einen Menschen hinein- oder herausgehen. Sicher hatten sie geheime unterirdische Zugänge.
Nach dem Abzug der Streitkräfte ging der Bau an die Universität, die einen Teil ihrer wertvollen Grundstücke in Bockenheim verkaufte und die Geisteswissenschaftler, die vorher dort gehaust hatten, ins schöne Westend schickte.

Unter dem Müllsack ist es trotz der Kälte feuchtwarm. Von unten dringt kalte Luft herein, auf den Armen entsteht eine Gänsehaut, und die Haare stellen sich auf.

Suvi lässt die halb aufgerauchte Zigarette fallen.

Mitten im Fall macht die Kippe eine Drehung und schlägt dann dumpf auf dem Boden auf.

Suvi greift nach der Schere und lässt sie in einer fließenden Bewegung von meinem Steißbein bis zum Nacken hoch durch den Müllsack gleiten. Der aufgeschlitzte Sack schwebt in den Park hinab. Die Frisur ist fertig, aber meine verschwitzte Haut ist voll von kleinen Haarstoppeln, die höllisch brennen, und ich denke an Gasboiler und eine heiße Dusche; eine Zahnfüllung tickert. Wetterumschwung.

Wir machen uns auf den Weg nach Hause.

Als wir auf die Straße treten, fängt es an, zu schneien.

***

Albertus ist nicht zu Hause, wahrscheinlich arbeitet er wie meistens, wenn er nicht gerade schläft, kifft, kokst oder in die Kirche geht.

Auf dem Küchentisch steht ein kleiner Topf, daneben ein Zettel: »Essen für Merlin«.

Ich schaue hinein. Reis, eine scharfe fleischige Soße und Büschel von etwas, was aussieht wie gekochtes Heu.

Albertus ist der Sohn einer reichen indonesischen Familie. Sein Vater sitzt auf Jakarta und betreibt eine Exportfirma für Möbel aus Tropenholz. Die Familie traut dem europäischen Essen nicht, und so wird einmal im Monat eine Kiste Tiefgefrorenes per Lufthansa-Express nach Frankfurt geliefert.

Albertus macht seinen MBA und arbeitet nebenbei in einer Schweizer Privatbank. Sein Vater muss ihn wohl zwingen, denn wer würde sein Leben in Indonesien aufgeben, um in einer kleinen Wohnung an den Bahngleisen im Frankfurter Gallusviertel zu wohnen? Seit ich aus dem Alter heraus bin, in dem man gerne bei seinen Eltern übernachtet, lässt er mich während meiner Besuche in Frankfurt bei sich bleiben. Das wird so lange gehen, bis ich in das Alter komme, in dem man seine Eltern wieder öfter besucht.

Jedes letzte Wochenende im Monat kommt er nach Berlin. Gott weiß, was er da treibt! Dann übernachtet er bei mir und haut morgens wieder ab, bevor ich aufwache.

Ich stelle den Topf in die Mikrowelle und drücke fünfmal auf den kleinen Knopf mit einem Plus, bis die rote Digitalanzeige »5 Minuten« anzeigt: START.

Durch das Fenster sehe ich auf die Gleise. Dahinter, tausend Meter weiter, beginnt der Hafen. Große Betonbauten, die vermutlich bis unters Dach gefüllt sind mit Bodenschätzen, die auf breiten Schiffen in die Stadt kommen, die immer aussehen, als würden sie gleich untergehen.

Ich denke über Suvi nach, diese kleine Porzellanballerina mit all ihren vertrackten Zahnrädchen.

»Passiv-aggressive Soziopathin«.

Ich schlage mit der Faust gegen die Wand. Für eine Sekunde wird alles grellweiß. Die Faust tut weh.

»Buhuhu, du hast mich ganz alleine gelassen in der großen Stadt, jetzt rede ich nicht mehr mit dir. Ich bin behindert und habe mir in die Hose gepinkelt«, verhöhne ich sie. Inzwischen hat sich der Duft von unbekannten Gewürzen in der Wohnung ausgebreitet. An den ersten Wochenenden in Frankfurt hatte ich immer furchtbaren Durchfall, aber mittlerweile scheinen sich meine Gedärme an das Chili zu gewöhnen.

Vögel können die Schärfe des Chilis nicht schmecken. Das ist auch gut so, denn schließlich trägt der Vogel die Chilisamen in seinem Kot in die Welt und sichert das Überleben der zukünftigen Pflanzen. Wenn man seine Meisenknödel vor den Eichhörnchen schützen will, muss man sie nur mit etwas Chili präparieren, denn genau wie wir kann das Hörnchen die Schärfe schmecken.
Ich kann mich gut in die Haut der armen Eichhörnchen versetzen. Die Brühe läuft mir aus allen Poren, und in meinen Augen stehen Tränen. Ich stopfe einen großen Ballen Reis in den Mund gegen den Schmerz.

Ich gehe ins Badezimmer, um mir ein Schaumbad einzulassen. Schweiß, Haare und Tränen haben einen Film auf meinem Körper gebildet. Auf dem Rand der Wanne eine Reihe von asiatischen Badezusätzen.
Ich wähle eine Flasche mit einer pinken, gallertartigen Substanz. Die Flüssigseife verwandelt das Wasser in einen schaumigen Fruchtcocktail, der nur darauf wartet, mich zu umfangen.
Ich ziehe meine Klamotten aus und gebe mir, anders als sonst, Mühe, nicht alles auf dem Boden zu verteilen, sondern die Klamotten ordentlich zusammenzulegen.
Dann steige ich in die Wanne und lasse mich langsam hinabsinken in den roten Traubensaft, bis mein Kopf unter Wasser ist und nur meine Knie noch hinausragen.

Als ich die Augen öffne, sehe ich den Badezimmerausschnitt durch einen rosa Filter.

***

Während der Schulzeit haben wir nie ein Wort gewechselt, obwohl wir die letzten drei Jahre in derselben Klasse waren. Sie trug zum Unterricht nie etwas bei und bekam immer schlechte mündliche Noten. In den Klausuren war sie trotzdem immer die Beste. Freunde schien sie nicht zu haben, zumindest nicht in der Schule. Ob sie damit unglücklich war oder nicht, konnten wir nicht sagen. Wenn sie mit jemandem sprach, dann nur mit den krassesten Außenseitern. Irgendwie passte sie aber auch zu denen nicht so richtig, was sie in meinen Augen zu so einer Art Metaaußenseiter machte.

Das erste Mal sprachen wir auf dem Abschlussball unserer Schule miteinander. Ich redete gerade mit meiner jungen Englischlehrerin, die schon ein wenig betrunken war und mir erzählte, wie sie einmal auf einer Party ihren Mann betrogen hatte, als ich einen Schmerz im rechten Arm spürte. Ich drehte den Kopf, Suvi stand da mit weit aufgerissenen Augen, sie sah zornig aus. Ihre Fingernägel gruben sich in meinen Oberarm.

Im selben Augenblick nahm ihr Gesicht wieder den indifferenten Ausdruck an, der mir in den letzten zwei Jahren vertraut geworden war.

»Na, wen haben wir denn da?«, sagte sie.

***

Durch das warme Wasser dringen Geräusche aus den Nachbarwohnungen. Fragmente, Bruchstücke, Abschaum, Schaumkringel menschlicher Sprache. Wenn ich den Stöpsel herausziehe, läuft das Wasser durch die Röhren hinab in die Kanalisation und vereint sich auf seinem Weg mit dem Wasser anderer Badewannen im Haus, die gerade abgelassen werden. Dabei entsteht ein Netzwerk geheimer Sprachkanäle, die die angeschlossenen Wohnungen verbinden.

Wasser leitet Schall besser als Luft, sodass man, wenn man sein Ohr auf den Boden eines Schiffes im Ozean legt, manchmal den Gesang von Walen hören kann, die weit entfernt ihre Bahnen ziehen, oder ein Erdbeben auf der anderen Seite des Globus. Ich ziehe probeweise den Stöpsel heraus, aber alle Sprache wird durch das weiße Rauschen des abfließenden Wassers erstickt. Dann hole ich kurz Luft und versinke wieder.

***

Ich starrte sie ungläubig an, der Griff um meinen Oberarm hatte sich gelockert.

»Suvi, du kannst ja sprechen.«

»Mmhm.«

Ich wollte mich bei meiner Lehrerin entschuldigen, doch sie war verschwunden. Suvi nahm mich beiseite. Ich schwankte ein wenig.

Ich: »Das Schönste an einer Freundschaft ist immer die Phase des Kennenlernens.«

Suvi: »Wer sagt, dass wir Freunde werden?«

Sie führte mich zu einer Gruppe von zwei Mädchen und einem Typen. Ich erinnerte mich an ihn; er hieß Elias, ein schwuler Inder, der zwei Jahre vor uns abgeschlossen hatte. Irgendwie assoziierte ich ihn mit Theater oder Tanz, aber ich konnte mich nicht erinnern, wer mir von ihm erzählt hatte. Sie sahen vertraut und freundlich aus: Drei lächelnde Gesichter betrachteten uns, als wir in den Kreis traten. Ich stellte mich vor. Elias reichte mir einen silbernen Flachmann mit Whisky.

Ich wollte die Flasche an Suvi weiterreichen, doch sie winkte ab, dabei bewegten sich ihre Lippen. Ich stellte mir vor, dass sie etwas wie »Nein danke, ich trinke nicht« sagte. Elias verwickelte mich in ein Gespräch. Er war mir gleich sympathisch – einer von diesen Typen, die einen mit ihrer Begeisterung einfach mitreißen können. Die zwei Mädchen waren typische Bockenheimerinnen. Töchter von Linksintellektuellen, die im Zuge der 68er zu Adorno nach Frankfurt gezogen waren, es aber heute zu etwas gebracht hatten. Lehrer, Privatdozenten, Professoren oder Psychologen, die ihre Zahnbürsten in der Apotheke kaufen und ihren Espresso immer frisch mahlen.

Die Stimmung wurde schnell ausgelassen. Alle redeten viel – außer Suvi. Zwischendrin holten wir uns Bier an der Bar.

Elias hatte irgendwann keine Lust mehr auf den Ball und schlug vor, noch irgendwo etwas trinken zu gehen. Wir gingen also ins *Sanatorium*, einer kleinen Bar im Nordend. Die Tische waren so hoch, dass man auf Barhockern sitzen musste. Die Beleuchtung warf warmes, indirektes Licht in den Raum. Das Publikum bestand hauptsächlich aus Bankern, aber jetzt ohne Krawatten. Dazwischen mischten sich einige Werbeleute und Studenten. Wir bestellten fünf große Süßgespritzte, weil man Apfelwein ja ohne Fanta nicht runterkriegt. Elias tuschelte noch irgendwas mit dem jungen Kellner. Anscheinend kannten sie sich.

Suvi schüttelte tadelnd den Kopf.

Als die Bedienung verschwunden war, schaute Elias zu mir rüber: »Diese Bar hier ist etwas Besonderes. Die Köchin hat Hepatitis.«

So wie Elias grinste, war mir längst klar, dass er keinen Caesar Salad bestellt hatte.

Als der Kellner mit fünf großen geriffelten Gläsern kam, fragte ich mich erneut, warum dieses Getränk in Frankfurt so populär ist. Aber anscheinend liegt die Vorliebe für Handkäs, grüne Soße und Apfelwein irgendwo verschlüsselt auf den Chromosomen der Einheimischen.

Der Kellner reichte Elias drei in Plastikfolie eingeschweißte Würfel Koks und verschwand.

»Hannes verdient sich ein kleines Zubrot.«

Glücklicherweise schien Elias es nicht eilig zu haben, aufs Klo zu gehen, sodass ich nicht in die Verlegenheit kam, ihm zu erklären, dass ich Leute, die Drogen nehmen, insgeheim verachte. Und dann kannte ich ihn ja auch nicht wirklich.

Später am Abend ging ich dann mit Suvi ins Bett.

Schizophrene in einem kataleptischen Anfall kann man passiv in jede Position bewegen, und ihr Körper wird in dieser verharren, bis sie irgendwer mit Haloperidol vollpumpt bis unter die Schädelkalotte.

Genauso war auch der Sex mit Suvi. Ihre Augen waren weit aufgerissen und ich bewegte sie in jede Position, die ich wollte. Dabei gab sie keinen Laut von sich.

Ich lag auf ihr und starrte in ihre blauen Augen, die so einen starken Kontrast mit den dunklen gelockten Haaren bildeten. Dazu dieser feingliedrige, weiße, ätherische Körper, der für andere Männer so unerreichbar scheinen musste. Jetzt war sie ganz meins und ich wollte jeden zerstückeln, der sie jemals berühren würde. Ganz tief drinnen wusste ich allerdings schon, dass man so eine im Geheimen doch sehr narzisstische Frau niemals besitzen kann. So eine braucht immer neue Männer, die sie verehren – nach jeder noch so kleinen Kränkung muss ein neuer Mann her, eine Reise, ein Flirt. Aber in diesem kurzen Moment hatte ich mich schon ganz in ihr verloren – für immer.

Normalerweise entwickle ich immer postkoitale Aggressionen. Ich weiß nicht, woran das liegt, aber ich werde pampig und uncharmant und tue alles, damit keine romantische Atmosphäre aufkommt. Suvi aber machte keine Anstalten zu kuscheln und ich fühlte mich nicht bedrängt. Es war das einzige Mal, dass ich ruhig neben einer Frau einschlief.

***

Der Sauerstoff wird knapp.
Meine Zellen versuchen, ihrer Funktion ohne Luft nachzukommen, und verbrennen das bisschen Zucker, das sie für solche Notfälle gespeichert haben, zu Milchsäure.
Mein Herz beginnt zu rasen, doch da ist kein kostbares O_2, das man in die Organe pumpen könnte. Nichts als vergorene, geronnene Milch in meinen Venen. Das Atemzentrum schlägt Alarm. Die alten Teile unseres Hirns, die

wir mit den Reptilien gemeinsam haben, sind mächtiger, als man denken würde. Ich entscheide mich, nicht aufzutauchen, doch die wirkliche Entscheidung wird nicht vom Verstand getroffen. Ich tauche auf.

***

Draußen geht die Sonne unter und wirft die langen Schatten der Hafengebäude über die Schienen hinweg auf uns zu. Albertus ist zurück und fragt, ob wir zu Sammy gehen wollen. Die beiden kennen sich von der Abendschule: »DfA – Deutsch für Ausländer«.

Er will vorher noch irgendwo anders hin, und wir verabreden uns in einer Stunde an einer U-Bahn-Haltestelle in Eckenheim.

»Bye, Merlin.« Die Tür fällt ins Schloss.

Ich zappe durch die Kanäle. In Berlin habe ich keinen Fernseher. Nach fünfzehn Minuten habe ich mich noch nicht für einen Sender entschieden und beschließe, langsam loszugehen.

Ich stecke eine frische Batterie in meinen MP3-Player und laufe die Mainzer Landstraße runter Richtung Galluswarte. Am Bahnsteig steht ein alter Bekannter von mir. Wie jede Bar hat auch jede U-Bahn-Station ihren eigenen Verrückten.

Er schlägt mit der Faust gegen einen Metallpfeiler.

»Kein Schmerz, kein Schmerz, kein Schmerz.« Daneben steht ein Banker und monologisiert in sein Mobiltelefon. Ich zwinkere dem Boxer zu und setze mich auf die Bank. Aus den Kopfhörern dringt das neue Azad-Album.

Neben mir sitzt ein kleines Mädchen mit seiner Mutter.

»Geh kacken, geh kacken, geh kacken!«, rappt sie über den Beat aus meinem MP3-Stick und ich denke nicht an die Bedeutung dieser Aufforderung, sondern höre nur noch den Sound und den Flow.

Die S-Bahn rauscht rein, ein Quietschen von Metall auf Metall, wie eine Gabel, die über eine Tafel gezogen wird.

Selbst der Boxer verzieht das Gesicht.

Die Frau und ihr Kind steigen mit mir ein.

Ein massiger Türke sitzt breitbeinig in der ersten Bank und usurpiert alle vier Sitzplätze.

Ich bleibe an der Tür stehen und halte mich an der Stange fest, die vor mir aus dem Boden wächst.

Ich stelle mir vor, wie ich seinen Körper in Königswasser auflöse.

Man brauchte wahrscheinlich eine ganze Badewanne des Wundermittels. Jedes Mal, wenn man ein Körperteil hineinwirft, brodelt es stundenlang geheimnisvoll vor sich hin, bis endlich alles verdampft ist.

Mit einem Ruck fährt die S-Bahn los, Richtung Konstablerwache. Da umsteigen in die U5 und hochfahren nach Eckenheim.

***

»Nächste Station: Konstablerwache«, krächzt die altbekannte Frauenstimme aus dem Lautsprecher.

Kaum bin ich ausgestiegen, drängen von links und rechts die Massen in die Bahn.

Ich versuche, so schnell wie möglich auf die Rolltreppe am Ende der Station zuzujoggen, rechts ausweichen, links ausweichen. Ich remple einen Sikh an, der ein riesiges Paket

Klopapier unterm Arm trägt. Wenn man so viel Klopapier mit sich rumträgt, sieht man immer aus, als hätte man ein schmutziges Geheimnis.

»What the …?«

Doch dann bin ich schon weiter. Die Rolltreppe ist zu voll, also zu Fuß. Oben kann ich schon den einfahrenden Zug hören. Auf dem Gleis fahren die U4 und die U5. Ich brauche die U5.

Ich sprinte hoch, Glück gehabt. Einen Fuß zwischen die sich schließenden Türen – ich zwänge mich rein. Ein Ruck, und los geht die Fahrt.

Drei arabische Mädchen gucken mich abwertend an, aber können dann dem Blick nicht standhalten, als ich ihnen direkt in die Augen gucke, und irgendwo piepst so ein nerviger Klingelton aus der Masse.

Vor ein paar Jahren war ich mal mit Daniel Samwer Abendessen. Ein netter Kerl, ein paar Jahre älter als ich. Da saß er nun bei mir am Tisch, heute Deutschlands bekanntester Start-up-Gründer, und verputzte Coq au Vin und Crème brûlée.

»Make your business the prettiest girl in town.«

Und Daniel lachte und stopfte noch mehr Crème brulée in sich rein.

Hätte ich ihm damals mit einem Vorschlaghammer den Schädel zertrümmert, gäbe es vielleicht heute diese nervigen Jamba-Klingeltöne nicht, aber die Menschen wären immer noch genauso abstoßend wie immer, und außerdem würde ich eh nie jemandem was tun, jedenfalls nicht so richtig.

Die Bahn hat sich mit jeder Station etwas geleert, und man kann sich jetzt ein wenig einsam fühlen in dem kalt-schimmernden Neonlicht. Draußen sind die Altbauten des Nordends großen Betonklötzen gewichen. An jedem Balkon hängt eine Satellitenschüssel.

»Nächste Station: Eckenheim.«

Black coat, white shoes, black hat, eine Zigarette in der Hand: Auf der Bank sitzt der kleine Albertus. Als ich aus-steige, gefriert mir der Atem vor dem Gesicht zu Nebel.

Er steht auf, grinst und setzt sich in Bewegung. Wir wan-dern durch Schluchten zwischen endlosen Kopien des immer gleichen Gebäudes.

Schließlich biegen wir in einen Hauseingang ein. Eine Ma-trix aus sechzehn mal zehn Klingeln, zum größten Teil mit unaussprechlichen Namen. Diejenige, auf die Albertus drückt, ist überhaupt nicht beschriftet.

Es dauert eine halbe Ewigkeit, doch er drückt kein zweites Mal.

Ein leises Knacken tönt aus der Gegensprechanlage, und mein Leader spricht in das Mikrofon: »Es ist Albertus.«

Der Summer geht.

Wir nehmen den wenig vertrauenerweckenden Aufzug, Ziel ist der siebte Stock.

Schindler, Baujahr 1970.

Die beiden Metalltüren fahren ungleichmäßig aus-einander, und der Aufzug spuckt uns in einen langen schwarzen Gang: Drei Türen links, drei rechts und eine am Ende.

Die ist offen, und darin steht ein kleiner Afrikaner, Ende zwanzig. Das ist dann wohl Sammy. Er klopft Albertus auf die Schulter: »Alter Freund«, dann wendet er sich zu mir.

»Ich bin Merlin.«

»Sammy heiße ich. Albertus' Freunde sind auch meine Freunde.«

Irgendwie habe ich das Gefühl, dass er das nicht so meint, wie er es sagt. Aber was solls?
Die Wohnung ist nicht besonders heimelig, was daran liegt, dass es keine Möbel gibt. Ein vielleicht 35 Quadratmeter großer Raum mit einer Einbauküche am hinteren Ende. Die einzige Tür führt wohl ins Bad. Auf dem Boden liegen ein paar Mobiltelefone, zwei Computerboxen, ein Discman und ein paar CDs.

»Dann regeln wir erst das Geschäftliche.«

Er geht zum Kühlschrank und öffnet das Tiefkühlfach. Darin liegen ein paar Plastiktüten aus dem Supermarkt. Oben auf dem Kühlschrank liegt ein Stapel schwarzer Flyer. Er nimmt einen und rollt ihn geschickt zu einem spitzen Kegel. Dann greift er in eine der Tüten, holt eine halbe Handvoll Gras hervor und füllt die kleine Schultüte damit auf. Den einen Oberrand klappt er zum Deckel um und reicht Albertus das Kunstwerk.

»Geschenk des Hauses, Freund.«

Albertus scheint gar nicht erfreut und quiekt irgendwie ganz komisch herum. Ich vermute, er will bezahlen.

»Irgendwann schenkst du mir etwas.«

Anscheinend ist dies ein altes Ritual zwischen den beiden. Trotzdem bin ich beeindruckt, wie wenig Aufsehen um das Gras gemacht wird. Die Leute, die ich kenne, haben immer irgendeine kleine Waage, rechnen einem den Kurs vor und machen ein Riesentrara um die paar Gramm Zeug. Am besten haben sie noch eine Gaspistole oder sonst ein peinliches Spielzeug dabei, als würden sie erwarten, jeden Augenblick in eine Schießerei mit der Polizei verwickelt zu werden.

»Ich wurde geboren in Frankfurt am Main, in der deutschen Zentralbank als Hundert-Markschein«, rappt Sammy und schaltet den Discman an.

Ich wurde geboren in Frankfurt am Main
In der deutschen Zentralbank als Hundert-Markschein.
Der Vater heißt Krieg, ein Betrüger, ein Lügner, ein Dieb,
Die Mutter ist die Gier, die täglich über uns siegt,

kommt es aus den kleinen Boxen. Irgendwie finde ich den Text peinlich. Aber gut, ich bin hier nur Gast.

Albertus dreht den ersten Joint, zwischendrin klingelt eins der Handys auf dem Boden.

»Gude.«

»Ich hab dir gesagt, du sollst den Fozzelegger hier nicht anschleppen.«

»Dann lässde den halt solang' bei dir.«

Er legt auf und zündet den Joint an.

Die Jungs rauchen diverse Joints, bis die Wohnung komplett zugequalmt ist. Ich inhaliere nicht, sondern paffe nur unauffällig.

Irgendwann taucht ein ominöser Jeze auf. Ein vielleicht achtzehnjähriger Schwarzer, relativ breit und ziemlich zappelig. Er ist wirklich verdammt schwarz. Im Schlepptau hat er einen dicken gemütlichen Kollegen, Typ Haselnussbraun.

»Multikulti heut?«, bemerkt er mit Blick auf Albertus und mich.

Beide kaufen Sammy einen Haufen Zeug ab und setzen sich dann auch auf den Boden.

Mittlerweile läuft nicht mehr Torch, sondern Nordmassiv.

Wie im Dezember öffne ich die Türchen
Ich bin der Frankfurter, du bist des Würstchen.

Sammy versucht die Anwesenden davon zu überzeugen, ein Mädchen namens Claudine zu besuchen, das Geburtstag hat, aber Jeze, scheints, ist nicht begeistert. Er lacht und deutet nun zum dritten Mal an, Sammy eine Kopfnuss zu geben.

»Hahaha, in die Fresse gedorrt! Jetzt wirst du gedorrt, denn der Wortfetischist, der disst dich sofort.«

Trotz seines Verhaltens scheint Jeze Sammy irgendwie zu bewundern, genau wie alle anderen Anwesenden.

Glücklicherweise verdampft auch der nächste Joint schnell,

sodass wir uns dann auf den Weg machen können. Jeze deutet auf dem Weg ins Treppenhaus an, mir ins Gesicht zu boxen, aber ich bin so überrascht, dass ich nicht einmal zucke:

»Ich werd die gliedlosn Mimosn mit diesen Schosn zu Boden stosn«, kommentiert er seine Attacke. Dass ich in diesem Bild die gliedlose Mimose bin, fällt mir erst später auf.

Albertus und ich laufen etwas abseits hinter den anderen. Ziel ist das Spiegelbild des Hauses, aus dem wir kommen, auf der anderen Straßenseite:
Das gleiche Treppenhaus, die gleichen Tags im Aufzug, der gleiche Geruch nach Kochbananen, Gewürzen und Frittierfett. Im zweiten Stock öffnet sich die Metalltür, und mir schlägt ein undurchdringliches Gebrabbel entgegen. Wir kommen in ein kleines Zimmer mit Küchenecke, an der Frontseite geht es auf den Balkon. Auf dem Boden steht haufenweise Binding. Ich bin der einzige Weiße.
Auf allen Möbeln fläzen sich die Gäste. Obwohl sie wahrscheinlich nicht sehr viel älter sind als ich, kommen sie mir alle riesig vor. Claudine hat rot geschminkte Lippen und einen dicken Hintern in einer dunkelblauen Jeans. Sie freut sich anscheinend über unsere Ankunft. Vom Schoß eines recht gut aussehenden, riesigen Schwarzen mit Glatze ruft sie:

»Heeooohhh! Bist du Koreaner?«

Albertus scheint langsam zu begreifen, dass sie ihn meint:

Zwei Sekunden.
Eine Sekunde.
»Indonesia.«

»Ich mag Koreaner. Mein Exfreund ist Koreaner.«

Mehr wird aus dem Gespräch wohl nicht.

»Herzlichen Glückwunsch, ich bin der Merlin.«

Sie gibt mir drei Küsschen, und ich setze mich auf den Teppichboden neben den Sessel der beiden. Albertus hat irgendwo einen Schemel gefunden. Sammy und die anderen gesellen sich mit auf die Sofagarnitur.

»Der Weiße fühlt sich ja ganz ausgeschlossen, macht ihm mal Platz«, ruft Claudine, und zwei ganz nette Mädchen auf der Couch neben mir rücken auseinander. Ich komme mir ziemlich ertappt vor und versuche, mich möglichst entspannt zwischen die beiden zu schieben.

Jeze hat eine große Flasche Whisky aufgetrieben. In der Flüssigkeit fliegen kleine metallisch funkelnde Flocken herum und blitzen manchmal im Licht auf. Auf dem Etikett steht »Whisky with Goldflakes«. Er reicht mir die Flasche.

»Hier, du Futtenlegger.«

»Was soll das Gold?«

»Für die Gesundheit.«

»Ich bin der Merlin.«

»Merlin, ja? Wie der Zaubererlegger, oder was?«

»Ja. Ich fick die Frauen und dann verschwinden sie.«

»Hihihi, du zerfickst die Frauen. Ja klar … Pammm«

Gleißendes Licht spritzt mir in die Augen. Warme Flüssigkeit läuft mir in den Mund. Es schmeckt nach Eisen.

»Höhöhö – Scheiße, Copperfield, das war so nicht geplant.« Jeze umarmt mich, und wir verlieren das Gleichgewicht. Diesmal hat er die Kopfnuss wohl ein bisschen zu weit durchgezogen und mir mit seinem Schädel fast die Nase zertrümmert.
Ich taste mit meiner linken Hand nach der Nase. Ich liege mit dem Kopf im Schoß des Mädchens, das links neben mir saß, Jeze liegt halb auf mir und lacht. Irgendwer kommt mit einer Packung gefrorener Pommes und schiebt sie mir in den Nacken und in den Schoß der Kleinen.
Fühlt sich nicht gebrochen an.
»Lass mal die Nase ansehen, Copperfield«, ruft Jeze. »Tut mir echt leid, höhöhö.«

»Alles klar, nichts gebrochen. Fass mich bloß nicht an! Ich kenn mich aus. Alles in Ordnung.«

»Jeze, du Psycho, gib dem Weißen doch mal 'ne Auszeit. Du kennst ihn doch gar nicht!«

Ich bleibe erst einmal liegen, wo ich bin, und fühle mich eigentlich ganz gut mit dem ganzen Blut im Gesicht.

»N'est-il pas mignon?«, bemitleidet mich das Mädchen und streicht über meine Backe. Ich freue mich, dass sie mein Blut nicht stört.
Ich nehme meine Pommes und gehe ins Bad. Wie immer, wenn ich betrunken bin, sieht mein Spiegelbild ganz schön fremd aus. Ich lege die Fritten auf den Klodeckel, pinkle in Claudines Waschbecken und tupfe dann das Blut ab.
Das einzig teure Produkt ist eine Gesichtscreme von Yves Saint-Laurent. Unbestimmte Rachegelüste verführen mich dazu, meinen Penis mit der Creme einzureiben.

Als ich rauskomme, wartet Albertus schon auf mich. Wenn ich ihn richtig verstehe, sind Sammy und ein paar andere schon runter, um noch ins O25 zu gehen. Eigentlich würde ich lieber bleiben, da Jeze auch verschwunden ist, aber die zwei Mädchen noch da sind. Aber was soll's? Als wir unten ankommen, diskutieren Jeze, Sammy und der Dicke gerade aufgebracht mit einem Taxifahrer. Er ist etwa so alt wie wir und entweder Paki oder Inder, vielleicht auch Iraner.
Sammy diskutiert wild gestikulierend mit dem Fahrer, während Jeze pausenlos rappt, um seinem Missfallen Ausdruck zu verleihen, der Dicke sagt gar nichts. Es geht wohl um den Preis und jetzt seit einer Sekunde auch darum, dass wir fünf Fahrgäste für nur vier Plätze sind.
Jeze imitiert die pakistanischen Zeitungsverkäufer, die in Frankfurt immer an großen Straßenkreuzungen stehen: »Flankfutta Lundschau, Flankfutta Lundschau«, ruft er

immer wieder. Der Fahrer ignoriert ihn. Anscheinend weiß er auch gar nicht, wo das O25 ist, und will sich deshalb auf keinen Preis festlegen. Ich versuche, den Weg zu erklären, aber keiner hört mir zu.

***

Ich hätte nicht übel Lust, ihnen allen den Mund mit heißem Teer auszugießen. Irgendwann erhören sie mich alle außer Jeze und Sammy entscheidet, dass ich vorne sitzen darf, um den Weg zu zeigen.

Die vier quetschen sich hinten zusammen, und Jeze fängt an, zu bauen. Der Paki macht eigentlich einen ganz gewitzten Eindruck, er tut mir ein bisschen leid mit dieser Meute im Wagen.

Von der Rückbank schallen ständig Rapzitate und Freestyleversuche nach vorne und übertönen das Radio. Wir fahren den Marbachweg runter Richtung Innenstadt. Kein anderes Auto weit und breit.

Das alte Lied in »Mainhattan« – in der Mitte Metropole und 2000 Meter weiter draußen Kaff.

Als die erste Tüte entzündet wird, startet unser Chauffeur noch einen letzten Widerstandsversuch, tritt abrupt auf die Bremse und bleibt mitten auf der Straße stehen.

»Flankfutta Lundschau, Flankfutta Lundschau, Flankfutta Lundschau«, tönt es von hinten.

Er heult rum, wir sollten den Joint ausmachen oder aussteigen. Sammy ist mittlerweile aber auch nicht mehr in Schlichterlaune.

»Du weißt, wo wir herkommen: Sierra Leone. Dritte Welt, Mann. Kleine Kinder, die in Landminen laufen, Mann. Illegale Einwanderer. Verabschiede dich von Hollywood.«

Ich muss grinsen, aber der Paki findet das gar nicht komisch. Schließlich fährt er doch weiter.
Ich gebe ihm Anweisungen wie in der Fahrschule.

»Nächste Möglichkeit rechts.«

Wenn man einen Haufen Frauen in ein Kloster steckt, synchronisieren sie nach ein paar Monaten ihren Zyklus, sodass sie alle zur selben Zeit menstruieren – das heißt dann Äbtissinneneffekt.
Mit betrunkenen Jungs in einem Auto ist es mit manchen Körperfunktionen so ziemlich das Gleiche. Zumindest fällt mir auf, dass ich auch dringend aufs Klo muss, als es von hinten tönt:

»Paki, ich muss pissen. Halt an!«

Keine Reaktion.

»Flankfutta Lundschau, Flankfutta Lundschau.«

Draußen glitzern Leuchtreklamen und die Schilder auf den Dächern der Taxis. Wir sind wieder drin in der echten Stadt.

»Woa, ich wollte eh schon immer mal aus 'nem fahrenden Taxi pissen.«

Jeze macht Andeutungen seinen Penis aus der Hose zu holen und kurbelt das Fenster runter, aber wir sind ohnehin da.

Preis: 15,80 Euro

Das Diskutieren um die Aufteilung des Fahrpreises beginnt also, und irgendwann gibt Albertus dem Fahrer einfach einen Zwanziger.

Trotz der Eiseskälte hängt auf dem Parkplatz vor dem Club haufenweise Volk in Liegestühlen herum, der Boden ist bedeckt von feinkörnigem Sand, und ein kleines Planschbecken gibt es auch. Wie immer in Frankfurt guckt die Mehrzahl der Jungs, als wollten sie lieber jemanden aufknüpfen und ausbluten lassen, als zu tanzen. Die meisten sind noch ziemlich jung. In Berlin geht man halt noch bis Mitte dreißig weg, in Frankfurt nur bis zwanzig.

Sammy und Konsorten gesellen sich zu ein paar Schwarzen, die aussehen, als wären sie gerade aus einem Fifty-Cent-Video geflohen. An der Bar hole ich mir einen Gin Tonic und gehe dann alleine rein.

Ich hole Handy, Schlüssel, Portemonnaie und Zigaretten aus der Tasche und lasse mich von dem Security filzen. Viele Gesichter kommen mir bekannt vor, aber das macht mir auch niemanden sympathischer.

Reggae und Dancehall. Es ist voll. Neben mir tanzen ein paar blonde Abiturientinnen. Am Ende des Kellergewölbes auf einer Bühne springen ein paar jamaikanische Jungs rum und singen den Text des Liedes mit, das gerade läuft. Eine Gruppe Lateinamerikaner hat einen kleinen Kreis gebildet. Die zwei Frauen sehen zwar nicht perfekt aus, aber das machen sie mit ihrem tollen, arroganten Tanzstil wett. Ich fühle mich wie in Watte eingelullt im warmen Dampf von Schweiß, Rauch und Bässen. Links und rechts der Tanzfläche stehen große weiße Kerle mit Baseballcaps und dicken Jacken, nicken mit dem Kopf und begutachten die Frauen. Ich schiebe mich zwischen den Tanzenden durch. Das geht normalerweise besser, wenn man selbst ein wenig tanzt, aber ich habe mich noch nicht akklimatisiert und mir kommt noch alles fremd vor. Je weiter ich mich nach hinten Richtung Bühne schiebe, desto höher wird der Anteil der Tanzenden und der schönen Frauen, gleichzeitig stehen immer weniger Typen am Rand. Ich sehe zwei bis drei Bekannte auf dem Weg, aber sie bemerken mich nicht.

***

Elias tanzt ausgelassen mit ein paar Schwulen und Suvi sitzt am Rand, die Hände auf den Knien abgelegt, den Rücken gerade und das Gesicht absolut ausdruckslos.

Suvi und Elias
Elias und Suvi

So schweifen die Gedanken. Aber kein Geheimnis, das sich aus den Namen der beiden dechiffrieren lassen könnte, will sich offenbaren. Bei Gelegenheit muss ich einmal nachschauen, was die Namen bedeuten.
Unsere Augen treffen sich, und sie lächelt kaum merklich. Idiotischerweise bin ich schon glücklich über diese

kleine emotionale Reaktion. Ich stolpere auf die beiden zu. Elias bemerkt mich nicht gleich, freut sich dann aber umso mehr und küsst mich zur Begrüßung auf den Mund. Suvi klopft mir vorsichtig auf die Schulter – scheißverkehrte Welt!

Ich tanze ein bisschen, aber irgendwie kann ich diesem Dancehall-Zeug nicht so richtig viel abgewinnen. Überhaupt mag ich keine Musik, zu der Leute kiffen. Das liegt daran, dass ich Kiffer nicht mag.

Ich setze mich an den Rand der Tanzfläche, um eine Zigarette zu rauchen. Die Kippe schmeckt gut.

Ich denke an Lungenkrebs. Die Kippe schmeckt immer noch exzellent. Ich rauche eine zweite und eine dritte.

Ich denke an die heiße, feuchte Haut unter Suvis schwarzem Shirt und daran, wie still sie im Bett ist.

Dann wanke ich auf die Toilette, an der fetten Klofrau vorbei.

Sie hat eine große Schüssel Süßigkeiten vor sich stehen. Eine kleine Blonde huscht gerade heraus, doch die Klofrau brüllt aufgebracht und zeigt auf die Untertasse mit Kleingeld. Das Mädchen fummelt in ihren Taschen herum, die Klofrau greift nach einem Chupa-Chups-Lolli.

Das Mädchen legt zwanzig Cent hin. Die Klofrau legt den Lolli zurück und reicht dem Mädchen stattdessen einen Kaugummi.

Ich gehe in eine Kabine, schließlich habe ich keine Lust, meinen Penis vor irgendwelchen Fremden zu entblößen. Drinnen angekommen, pinkle ich auf den geschlossenen Deckel, dann versuche ich noch, die Klobürste zu treffen, aber der Strahl versiegt. Ich wasche meine Hände und lege der Klofrau fünf Euro auf ihr Tellerchen.

»Dafür kannst du heute Nacht auch auf dem Klo ficken, wenn du willst.«

Ich bedanke mich höflich.

Draußen stoße ich fast in Suvi, sie redet mit irgendeinem netten, alternativen Kerl mit langen Haaren. Ich hasse die Netten.

Alternative, langhaarige Sau, du siehst aus wie deine Frau.

Suvi stellt mich vor, und ich gebe dem Langhaarigen die Hand, er drückt sie freundlich und schaut mich mit lächelnden Augen an.

Ich merke Sympathie in mir aufkommen und ärgere mich über mich selbst.

Ich fummle einen Euro aus der Tasche und reiche ihn dem netten Typen: »Hier, kauf dir ein paar Leckmuscheln davon, Kleiner.« Und schnell weg.

Draußen schlendere ich zwischen den Liegestühlen hindurch Richtung Ostpark. Es hat wieder angefangen, zu schneien. Klitzekleine harte weiße Flöckchen.

Die Wiesen fallen plötzlich ab und gehen dann wieder in Hügel über. Ich frage mich, ob sie wohl jetzt mit dem Langhaarigen nach Hause geht.

Ich habe Schnee in den Haaren, und die Brühe läuft mir in den Mund, es schmeckt nach Haarspray. Ob es sich wirklich lohnt, ein Spray bei meinem Friseur zu kaufen, das sechsmal so viel kostet wie das Spray aus der Drogerie? Aber es hält schon besser und riecht leckerer.

Ich überlege, ob ich zurückgehen soll und dann, wenn

sie gerade mit dem Typen weggeht, irgendwas sagen, was sie richtig trifft. Sie ist so ungeschützt und verletzlich wie ein Igel, der auf dem Rücken liegt und seinen ganz weichen rosafarbenen Babybauch zeigt. Sodass man einfach irgendetwas spitzes Langes hineinrammen möchte.

Unter der Kälte werden alle Atome träge und bewegen sich nur noch zeitlupenhaft. Die oberflächlichen Beingefäße ziehen sich zusammen zu Lederriemen, damit kein heißes Blut mehr in sie strömt und kostbare Wärme an die Umgebung entweicht.

Ich drehe mich um und gehe zurück zum Club. Meine Nase blutet wieder. Aus der letzten Einfahrt vor dem Club dringen Stimmen – eine ist die von Sammy.

Ich biege ein und sehe einen Haufen schwarzer Gestalten auf zwei Bänken sitzen, eine ist der kleine Albertus. Auch diese Claudine erkenne ich gleich an ihrem Schattenriss, anscheinend sind sie nachgekommen. Ich glaube, ich könnte alle Frauen, die ich kenne, nur an der Form ihrer Hintern erkennen.

»Hey Copperfield, schon wieder geprügelt?«
Ich setze mich auf eine Bank und rauche eine Zigarette. Claudine und eine andere singen, sie haben schöne Stimmen. Sie singen in einer fremden Sprache.

Ein lauter Knall, und dann zerspritzt weißes Glas neben unseren Füßen.
Alle brüllen durcheinander. Auf einem Balkon oben stehen zwei Schatten. Ein Mann und eine Frau. Er schreit irgendwas Wirres und fordert uns auf zu verschwinden.

Das Glas war eine Flasche, die er nach uns geworfen hat, vielleicht weil wir so laut sind.

Dann ein dumpfer Knall, und die Frau auf dem Balkon kreischt wie eine Irre. Sammy hat eine Bierflasche zurückgeworfen und sie am Kopf getroffen.

Sie schreit, als müsste sie sterben.

Der Kerl verschwindet im Haus, und Claudine ruft: »Du Aidsfotze, da hast du's.«

Dann ein Knall und ein grelles Blitzen. Gleichzeitig geht ein Ruck durch alle um mich herum. Sehr langsam gehen Albertus und ich durch das Tor zum Taxistand.

***

Im Taxi ist Albertus ganz aufgeregt, er meint, der Typ vom Balkon hätte geschossen, und versucht dauernd Sammy anzurufen, und irgendwann kommt er auch durch, und ja, allen geht es gut und nein, er weiß nicht, ob es eine richtige Knarre war, aber wahrscheinlich nur 'ne Gaspistole.

***

Ich falle auf eine Matratze in Albertus' Küche, mein Bett. Bei manchen Schlaganfallpatienten fällt der Teil des Gehirns aus, der für die unwillkürliche Atmung zuständig ist. Dann kann man nicht mehr schlafen, ohne zu ersticken. Als es noch keine Beatmungsgeräte gab, blieben die Menschen so lange wach, bis sie nicht mehr konnten, und erstickten dann. Als Kind stellte ich mir abends im Bett immer vor, wie meine Atmung gleich aussetzen würde, wenn ich einschliefe.

Heute bin ich betrunken genug und habe diese Sorge nicht.

***

— .
— .
— ..
— ..
— .. ص
— ..Ptsص Ø
— ..Pts.صn
— ..Pts!n.ص
— ...Ptsi...▒ng

Ich wache auf.

Die richtige Taste ist die grüne.
»Hallo.«
»Merlin, kannst du kommen?«
Ein Mann, ich kenne ihn. Er ist glücklich. Er lacht. Elias?
Nein, er weint.
»Suvi ist tot.«

OESTRICH-WINKEL I

Die Sonne strahlt mir ins Gesicht, sodass ich die Augen zukneife. In der Hand halte ich einen Smoothie aus frischen Himbeeren und Vanille-Sojamilch.

Wir liegen zu dritt auf einer schwarzen Ledercouch und blicken von Jens' Dachterrasse auf die Rheingauer Weinberge. Ich nippe an meinem Glas, während Jens den ersten Joint des Tages raucht. Maren liegt zwischen uns und schläft. Ihre weiße Haut sieht in dem hellen Licht aus wie Porzellan. Sie trägt einen grauen Baumwollbody und eine enge weiße Reithose, obwohl weit und breit keine Pferde in Sicht sind.

Unter dem feinen Stoff zeichnen sich ihre Nippel ab, die in dem kühlen Herbstwind hart geworden sind, und ich stelle mir vor, wie sie sich mit den Ellbogen auf einen Schreibtisch stützt, während ich ihr mit einer Gerte auf den Hintern schlage.

Jens trägt so einen unbezahlbaren, schneegebleichten Kimono und Bambus-Flip-Flops. Auf seinen Knien ruht ein Laptop. Abwechselnd zieht er an der Tüte und ändert Kleinigkeiten an der Powerpointfolie auf dem Bildschirm. Drinnen hört man jemanden mit Küchengeräten

hantieren. Darüber legt sich jetzt noch der Klang aus Jens'
Stereoanlage:

»... and now bringing you a mix from *the* most exciting
artist to appear this year: Mike Skinner aka The Streets.«

Die Musik fadet in den Vordergrund, melodisch und
gleichzeitig irgendwie ziemlich cool.
Jens stellt den Computer auf den Boden und fängt an, zu
tanzen wie ein Gorilla. Er wälzt sich auf dem Rücken und
schlägt sich mit den Fäusten auf die Brust. Zwischendurch
grunzt er, hüpft herum und wirft seinen Kopf hin und her.
Ich muss lachen, dann lacht er auch, und ich muss noch
mehr lachen.
Maren blinzelt ins Sonnenlicht und lächelt.

»Schatzi, hör doch bitte mit dieser Unwiderstehlichkeits-
masche auf.«

»Ich bin am Verhungern, wann gibts denn endlich was?«

»Der Eso-Swinger kocht ein Hokkaido-Curry für uns«,
ruft Jens rüber und klatscht in die Hände.

»Ich will aber Fleisch.«

»Vielleicht haben wir noch einen Presskopp und ein bisschen Sülze für dich. Im zarten Natursaitling, und zur
Nachspeise ...Wurstsalat. Höhöhö!« Er fängt an, Purzel-
bäume zu machen.

»Bäh. Du dreckiges Schwein! Ich will Foie gras und ein Steak.«

»Ich mach dir ein Steak, wenn ich dafür deine Füße mit meinen Haaren waschen darf«, dringt es aus meinem Mund. Und ich frage mich, wo diese merkwürdige Fantasie herkommt.

Thomas – der Eso-Swinger – kommt aus der Küche auf die Terrasse, zusammen mit einer kleinen Asiatin, die Jura in Frankfurt studiert. Ihren Namen habe ich vergessen. Maren und die Kleine küssen sich mit gespitzten Lippen und kichern.

»Blutwursttaler.«

Thomas hat einen schwarzen Vollbart und trägt auch einen Kimono, wenngleich er nicht schneegebleicht ist. Aus jedem Nasenloch wächst eine kleine schwarze Dreadlock, und im linken Ohr trägt er eine runde dunkelbraune Holzscheibe, so groß wie ein Zwei-Euro-Stück.

»Rostbratwürstchen.«

Das Mädchen trägt eine Punk-Royal-Hose und ein graues Samtshirt, die Haare sind hochgesteckt, nur eine Strähne fällt ihr in die Stirn. Ich frage mich, wo er immer diese schönen Asiatinnen auftreibt. Irgendwie erinnert er mich ein bisschen an Charles Manson. Der hatte auch immer so einen Haufen wunderschöner Hippiefrauen dabei. Und irgendwie hat er es geschafft, die dann so umzupolen, bis sie sogar bereit waren, für ihn zu morden. Alles, was man braucht, ist eine selbstsichere Ausstrahlung und so ein abstruses Theoriegebäude, an das man selbst auch glaubt, und dann pumpt man die kleinen orientierungslosen Schnecken voll mit LSD und unterzieht sie einer Gehirnwäsche: So von wegen »freie Liebe«, »UFOs« und »die Rothschilds haben den Zweiten Weltkrieg geplant«.

»Leberknödel.«

Ich stehe auf und trete durch die Glastür in die Valcucine-Küche. Neben dem Herd liegen vier kleine Hokkaido-Kürbisse. Ich nehme ein Messer aus dem Holzblock – es ist aus einem einzigen Stück Metall gearbeitet.
Ich stecke das Messer zurück und ziehe ein schönes chinesisches Hackebeil aus dem Messerblock.

Gute Messer bleiben länger scharf.

Ich spalte die erste rote Knolle in zwei Hälften. Es gibt ein frisch knackendes Geräusch. Aus der Schublade nehme ich einen handgeschnitzten Suppenlöffel, um die schleimigen Kerne herauszuschälen.
Die Mädchen kommen Händchen haltend durch die Tür. Irgendwie reicht es jetzt auch mit dieser Lesbennummer, die die Jungs heißmachen soll. Maren verschwindet nebenan und kommt kurz darauf in löchrigen Jeans zurück.
Thomas fängt an, Gewürze in einer kleinen Pfanne zu rösten.
Durchs Fenster kann ich Jens tanzen sehen.

»In einer Stunde geh ich zum Roland, kommst du mit, Thomas?«, ruft er.

Der Roland ist die Unternehmensberatung Roland Berger.

»Ich bin zu schlecht.«

Jens und ich lernten uns in Zürich kennen bei einer internationalen LSD-Tagung. Ich hatte gerade mit meiner Doktorarbeit in der Neurologie in Berlin angefangen und sollte ein Seminar zu anatomischen Grundlagen des Gehirns für Laien abhalten – unbezahlt, aber mit freier Kost und Logis in Zürich. Jens studierte zur gleichen Zeit als Austauschstudent in Sankt Gallen und war der einzige Gast meines Seminars.

Am letzten Abend der Tagung gingen wir gemeinsam in ein Züricher Bordell. So eine Touristenabzocke, wo die Frauen echt hübsch sind, man aber nie das bekommt, wofür man gezahlt hat. Natürlich fiel der Preis höher aus als erwartet, und ich kam nur dadurch mit heiler Haut davon, dass Jens meine Rechnung beglich.

»Maren, kommst du mit?«

»Mmhm, aber ich gehe nur zum Training hin. Ich bin vollkommen unvorbereitet.«

Jens wendet sich zu mir: »Der Roland macht ein kleines Assessment Center für die Crème de la Crème, und die zwei tollsten Studenten kriegen dann eine Job Offer und dürfen Trainees werden.«

Thomas hat den kleinen Seitenhieb ganz gut weggesteckt. Mit seiner Frisur könnte er nicht mal bei Roland Berger anfangen, wenn er die gesamte European Business School notentechnisch ausperformt hätte. Mir wird jetzt auch klar, warum Jens heute keinen Dreitagebart trägt.

Die Erinnerung an das Assessment Center hat das Tempo in den Bewegungen und Gesprächen um mich herum ein wenig beschleunigt.

»Mann, Mann, Mann! Hoffentlich kriege ich dann nicht wieder so eine Päderastenfresse im Vorstellungsgespräch. Letztes Mal so eine Bartfresse bei McKinsey gehabt – so ein ehemaliger Arzt, der dann Consultant geworden ist – Mann, Mann, Mann. Ich hab' alle seine Case Studies perfekt gelöst, alle Brainteaser gecheckt. Nur weil ich so ein polarisierender Typ bin. Aber heute passe ich auf – keine Extravaganzen, die irgendeiner komisch finden könnte. Normales weißes Hemd, keine goldenen Manschettenknöpfe, normaler Krawattenknoten, Bart abrasiert. Und nicht überheblich sein. Ab und zu mal schön devot zu Boden schauen und nicht zeigen, was ich eigentlich für ein geiler Typ bin. Diese Degenerаten können es einfach nicht ertragen, dass ich es schon so krass draufhabe.«

Ich widme mich weiter meinem Kürbis, während die Mädchen Streifen von Minze, Koriander, Chinakohl und Mungosprossen in fünf großen Porzellanschüsseln arrangieren. Jens gesellt sich zu mir und beginnt, die Kürbishälften zu würfeln.

»Ich habe heute mal einen Rosenquarz mit reingemacht, damit ihr zwei euch nachher nicht zu sehr stressen lasst vom Roland.« Thomas hat eine Karaffe mit Wasser aus dem Kühlschrank geholt, am Boden liegen ein paar Kristalle.

Jens grinst: »Fett, Alter! Thanks for caring.«

»Na, das wird es nachher sicher rausreißen.«
Ich kann nicht sagen, ob Maren das boshaft oder nett meint.

Ich gehe noch mal auf den Balkon, um den Rest von meinem Smoothie zu trinken. Als ich wieder reinkomme, füllt Thomas gerade Reis und Kürbiscurry in die Schalen. Die Asiatin reicht mir ein paar Stäbchen und imitiert einen falschen chinesischen Akzent: »Bittesell, verehlter Gast.« Es gibt gar keinen Tisch in der Küche, und so essen wir, an die Garnitur gelehnt, im Stehen.
Die Schale in der linken Hand, die Stäbchen in der rechten.

»Was für ›Brainteaser‹ gab es denn so bei McKinsey, Jens?«, fragt Maren beiläufig.

»Jo … halt so: ›Nennen Sie zwei Maler aus der italienischen Renaissance‹, und dann, während man noch am Überlegen ist: ›Was ist mehr: 27 Prozent von 28 oder 28 Prozent von 27?‹ Ja, halt voll die Nazimethoden. Dann in den Case Studies hat sich dieser barttragende Päderast alle Informationen aus der Nase ziehen lassen, und als er gemerkt hat, dass ich den Case trotzdem packe, hat er abgebrochen, so: ›Ich brech' das hier mal ab, bevor Sie sich noch mehr verrennen.‹ Echt bitter.«

»Das Curry schmeckt echt marvellous, Thomas«, versuche ich einen Einwurf.

»27 Prozent von 28 ist mehr, oder?«

»Free your mind, bird.«

»Sag doch mal!«

»Nee, nee, nee, nachher kommt die Frage noch mal, und dann performst du mich am Ende noch aus und sahnst die Job Offer ab. Das lassen wir mal schön sein. Höhöhö!«

So richtig zufrieden ist sie mit der Antwort nicht, aber sie belässt es dabei. Ich ahne, dass sie noch ihren Taschenrechner befragen wird, bevor es losgeht.
Nach dem Essen verschwinden Jens und Maren in ihren Zimmern, um sich fertigzumachen, und Thomas verzieht sich ebenfalls. Ich befürchte, er geht meditieren.
Ich schlüpfe kurz zu Jens ins Zimmer und lasse mir die Basics zu der kleinen Asiatin geben.

Nomen: Lidi
Familia: Hominae
Genus: Homo
Art: Homo sapiens
Var: Eurasierin
Stamm: »Ich bin ja so süß und hip und stehe auf wilde

Typen, aber langfristig lasse ich mich nur mit so konservativen Burschenschaftlertypen ein, genauso wie mein toller Dad (Medizinprofessor in Heidelberg) einer ist.«

Das ist doch eigentlich genau mein Profil: Ein bisschen wild, aber eigentlich gutbürgerlicher Hintergrund. Also sich erst mal ein wenig abgefahren geben und dann nach und nach den tollen Fulbright-Stipendiaten usw. raushängen lassen. Jens bastelt gerade konzentriert an einem Windsorknoten, und es ist schwer, ihm noch mehr Informationen zu entlocken, also wünsche ich viel Glück und will gerade nach draußen gehen.

»Sag mal, Merlin, kannst du dir eigentlich so einfach mitten im Semester freinehmen, oder hast du gerade Ferien?«

»Erklär ich dir später.«

Und nichts wie raus.

Lidi zeigt sich nicht gerade begeistert von dem Vorschlag, eine Wanderung durch die Weinberge zu machen, aber sie kommt dann doch mit. Und mein Gefühl sagt mir, dass ihr die Idee mehr zusagt, als sie zeigt. Wir fahren also in Richtung der »Rieslingroute«. Gleich nach dem Einsteigen schaut sie meine CDs durch.
Obenauf ein bisschen was Modernes.

The Rapture / Fischerspooner / Air / The Streets / Vampire Weekend (das finden ja alle Mädchen toll) / Franz Ferdinand und dann

Prokofjew / Messiaen / Ligeti / Mozart / Schumann / Schostakowitsch.

Ein bisschen erzählen, wie sehr ich den Klavierunterricht gehasst habe (sie auch), aber wie dankbar ich für die musikalische Früherziehung bin, denn sonst könnte ich ja klassische Musik gar nicht genießen, und so.

Wenigstens gibt sie gleich zu, dass sie keine Ahnung von Klassik hat, das gibt einen Bonus für Authentizität.

Draußen zieht ein Weingut nach dem anderen vorbei, schöne kleine Häuschen aus roten Backsteinen. An jeder Tür hängt ein getrockneter Blumenstrauß, als Zeichen, dass zum Gut auch ein Weinlokal gehört. Die Ortseinwohner brauchen nur den Bruchteil einer Sekunde, um uns als Fremde zu erkennen, die mit der Bonzen-Uni assoziiert sind, und rümpfen die Nase, wenn wir vorbeifahren. Jetzt heißt es aber auch schon, einen Gang zurückschalten mit dem Intellektuellengetue. Immer schön down to earth bleiben. Sonst ist sie gleich eingeschüchtert. Also lieber ein bisschen auf der privaten Schiene fahren:

»Meine Eltern sind alles in allem doch relativ bizarre Leute. Ich kann, glaube ich, froh sein, dass ich einigermaßen normal bin, so merkwürdig, wie sie sind.« Das zieht eigentlich immer, schließlich sind alle Familien vollkommen irre, und so hat man mit diesem Satz sofort eine Gemeinsamkeit gefunden.

Sie verdreht die Augen: »Tell *me* about it, baby!«

46

Eigentlich hätte sie ja gerne Kunstgeschichte studiert, ist aber aus Sicherheitsbedürfnis bei Jura gelandet.

Nächstes Semester geht sie nach Rom, weil sie die italienischen Jungs so mag, die es schaffen, einer Frau nachzupfeifen, ohne dass sie sich belästigt fühlt.

Ihre Brüste sind eigentlich ein wenig zu klein, und der Hintern ist ein bisschen zu dick, aber immerhin ist sie klein und hat ein süßes Gesicht.

Das Gespräch will nicht so richtig in Gang kommen. Immer wenn sie spricht, überlege ich schon, was ich als Nächstes sagen soll, damit keine Pause aufkommt, und das spürt sie natürlich. Also verlege ich mich auf die Rolle des gefühlvollen Zuhörers, lasse sie erzählen und frage dann nach irgendeinem Detail aus ihrer Erzählung, sodass sie wieder reden kann. Das klappt jetzt schon viel besser.

Wir fahren durch einen Wald, während aus der Anlage »Moon Safari« von Air tönt, die Sonne blinzelt durch die knackig grünen Äste des Blätterdaches. Es piept kurz in Lidis Handtasche, und sie fischt ihr Handy heraus, um die Kurznachricht zu lesen.

»Maren hat die Job Offer gekriegt.«

***

Jens und ich sitzen wieder auf der Dachterrasse und spielen Schach, ich spiele Weiß. Die verschnörkelten Figuren sind aus Metall gegossen. Es sind wohl irgendwelche hinduistischen Gottheiten. Die Bauern haben einen menschlichen Körper und einen Elefantenkopf, der König ist eine große Frau mit vier Armen.

Wir trinken Kombucha mit Eis und Limone aus großen Gläsern. Jens macht einen leicht genervten Eindruck, er spricht wenig und konzentriert sich auf das Spiel.

d2 d4
d7 d5

c2 c4
e7 e5[*]

d4 xe5
d5 d4

e2 e3
f8 b4[**]

c1 d2
d4 xe3

d2 xb4
e3 xf2

e1 e2
f2 xg1[***]

Ich werfe den König mit dem Zeigefinger um und nehme

---

[*]   ein beachtenswerter Zug

[**] An dieser Stelle zündet sich Jens eine Zigarette an und beginnt vergnügt, das Lied »Ein schöner Tag« aus der Beckswerbung zu pfeifen. Ich habe nicht übel Lust, ihm eine abgebrochene Flasche in sein feist grinsendes Gesicht rammen.

[***] Und Jens gewinnt.

einen Schluck Kombucha. Erst als ich höre, wie das Eis im Glas klirrt, bemerke ich, dass meine Hand vor Wut zittert.

Ich versuche, kontrolliert zu sprechen, und frage: »Revanche?«

»Aber sicher.«

Wir drehen das Brett und stellen die Figuren wieder auf ihre Positionen.

»Na, wie war dein kleines Date?«

»Tja also, ich hatte ja die Strategie, mich erst mal locker zu geben und Sympathie zu erhaschen. Und dann meinen Impact bei ihr zu verbessern, indem ich meine SS-Tugenden raushängen lasse. Wir sind dann rausgefahren in den Wald und spazieren gegangen.«

»Schön den Boyscout gegeben?«

»Ja sicher. Wir sind dann in so eine geile Gutsschänke gegangen, Schloss Johannisberg. Auf so einem Plateau mit Blick auf die Weingüter, und haben Riesling getrunken und Fleischwurst gegessen. Ich habe dir auch was mitgebracht als Dank für die Gastfreundschaft.«
Ich greife in meine Tasche, die an ein Tischbein gelehnt ist, und reiche ihm eine hübsche Flasche Eiswein, die am Hals mit einer roten Kapsel verplombt ist.

»Woaa, danke, Mann, der sieht ja fett edel aus, der gute

Tropfen.« Jens gehört zu den Leuten, denen man gerne etwas schenkt, denn er freut sich immer so aufrichtig.

»Na ja, und dann kam sie auch langsam mit der Wahrheit rum. So von wegen, sie wäre ja eigentlich auch voll ehrgeizig und würde sich nur nach außen so locker geben. Und ihr Vater hätte sie ja so streng erzogen, aber sie fände das auch okay, und was für ein toller Hengst ihr Dad doch sei, und der würde ihr jetzt ein Praktikum bei Baxter McKenzie in London fit machen. Na ja, und in Anbetracht dieses allmächtigen Vaters war's dann ganz schön anstrengend, weiterhin den erfolgreichen Pimp zu geben. Aber dann habe ich ihr gleich mal von meinem Auslandssemester in Cambridge erzählt, und dann kam die Sache auch wieder ins Rollen. Und wie fein und moralisch der Arztberuf doch sei, aber manchmal ja auch ganz schön hart, jaja.

Um es kurz zu machen: Als wir uns getrennt haben, habe ich dann betont blöd aus der Wäsche geschaut, und sie hat gefragt, was los ist, und dann habe ich gefragt, ob sie eine ehrliche Antwort will, und sie hat gesagt: ›Ja‹, und ich hab' gesagt, dass ich sie gerne küssen würde, und dann hat sie gesagt, dass das keine gute Idee sei, und ist fluchtartig abgezogen, als sei der Teufel hinter ihr her.«

»Ja, die Frauen sind nicht einfach hier im Land der teutonischen Ritter. Schach und matt.« Ich werfe meinen König um und mein fast leeres Glas Kombucha in einem weiten Bogen von der Terrasse in Richtung der Weinberge. Jens freut sich.

»Mit dem Roland war es auch nichts. Wieder alle Case Studies perfekt gelöst, beim Mathetest kein einziges Mal verrechnet und auch sonst überall gut gewesen, aber im Feedback haben sie dann gemeint, dass ich nicht passionate genug gewesen wäre und in der Gruppendiskussion nicht aggressiv genug. Aber in Wirklichkeit hat ihnen einfach meine Visage nicht gepasst. Aber vielleicht war das auch ein Wink des Schicksals. Eigentlich waren diese ganzen Affen mir eh nix, wie die schon so soldatenmäßig aufgetreten sind bei der Vorstellungsrunde. Alle drei in den gleichen Maßanzügen, alle drei gleich dagesessen und so pseudofreundlich geguckt und dann immer so 'ne Scheiße eingeworfen wie ›Das ist aber interessant‹, wobei eigentlich klar war, dass sie auf mich scheißen.

Eigentlich wollte ich meine Eltern stolz machen. Aber das haben diese dreckigen Päderasten mir jetzt versaut. Wir fahren dieses Wochenende nach Sylt, und da hätte ich ihnen schön unter die Nase reiben können, dass ich schon ein Angebot in der Tasche habe. Damn! Wahrscheinlich würde mich nicht mal die Müllabfuhr nehmen. Und Maren, diese kleine Bitch, von wegen ›Mimimi, ich habe mich gar nicht vorbereitet und gehe nur zur Übung hin‹ – natürlich hat sie eine Job Offer bekommen und so nebenbei in der Gruppendiskussion durchscheinen lassen, dass sie die ganze Unternehmensgeschichte auswendig gelernt hat. Und morgen macht sie eine Party hier, ich muss jetzt schon kotzen, wenn ich daran denke, wie die Leute mich dann fragen, wie das AC bei mir gelaufen ist. Bitter, bitter, bitter. Ich muss jetzt erst mal laufen gehen, um mich abzureagieren, und dann was rauchen, um runterzukommen.«

***

Ich sitze im Schneidersitz auf einem schwarzen Futon und löffle eine Kiwi aus.

In dem grünen Saft auf dem Teller liegt ein kleiner Zettel.

»Hallo Merlin, ich fände es gut, wenn du übermorgen früh nach Marens Party wieder fahren würdest. Ich muss mich jetzt echt mal mehr auf mein eigenes Ding konzentrieren und kann mir keinen Ballast durch andere leisten.«

Ich hole mein Handy heraus.

Menu

Nachrichten

Neue Nachricht

»Wenn du mir was zu sagen hast, kannst du das direkt tun und brauchst mir nicht so einen beschissenen Zettel zu schreiben wie ein kleines pubertierendes Mädchen seinem Vater.«

Dann lösche ich erst seine Handy- und dann die Festnetznummer. Meine Finger sind klebrig vom Fruchtsaft. Ich reibe die Tastatur über den Bettbezug. Kleine Fusseln bleiben in dem Film hängen.

Ich stehe auf und ziehe mein Jackett an. Durch den Stoff taste ich nach den Autoschlüsseln in der rechten Außentasche. Mein Handy piept zweimal.

Neue Nachricht

Lesen

Unbekannter Absender: »Dies ist lediglich ein Beweis deiner arroganten und überheblichen Art, auf die ich getrost verzichten kann.«

Optionen

Nachricht löschen

Ich nehme das Messer, mit dem ich die Kiwi geschnitten habe, und ritze ein großes Hakenkreuz in die Futonmatratze.

***

Ich fahre die Landstraße am Rande des Rheins entlang. Irgendwo in der Ferne an der gegenüberliegenden Spur leuchtet mir die Aral-Tankstelle blau entgegen. Ein sicherer Hafen in der Dunkelheit.
Ich fahre eine halbe Ewigkeit, bis ich endlich einen U-Turn machen kann. Am Nachtschalter sitzt ein Mann, der aussieht, als hätte er seit einer Woche nicht geschlafen. Entweder er hat zwei echt fiese Veilchen oder eben nur üble Augenringe. Ich nenne ihn den Augenringmann.
Er hat ein offenes Lächeln, und meine Aggression verfliegt, als ich meine Kreditkarte in die Schublade lege, um ein Cornetto-Eis Schokolade und eine Flasche Wodka zu zahlen.
In allen Himmelsrichtungen zeichnen sich kleine leuchtende Schlösser und Burgen ab. Ich entscheide mich für dasjenige, das am hellsten leuchtet, und fahre los.

Die Landstraße wird bald zu einem Waldweg, der sich hinauf zu dem Schloss schlängelt. Der Wald besteht aus hohen Nadelbäumen, die links und rechts ein undurchdringliches, feucht dampfendes Dickicht bilden.

Das Eis schmeckt nicht, und ich werfe es aus dem Fenster dem komischen Wald zum Fraße hin. Magensäure blubbert hoch und verätzt die empfindlich rot pulsierende Schleimhaut meiner Speiseröhre. Ich halte und stelle mich in das volle Scheinwerferlicht meines Wagens. Speichel schießt mir in den Mund, und meine Augen tränen, und dann muss ich kotzen.

***

Keine Ahnung, wie lange der komische Waldschrat schon an meine Windschutzscheibe klopft, aber jetzt hat er es dann wohl endlich geschafft, mich zu wecken. Mein Wagen steht immer noch mitten auf dem Waldweg.

Hinter dem Förster steht ein landwirtschaftliches Nutzfahrzeug wie ein vorzeitliches Nashorn und fordert Durchgang. Der Kretin macht ständig Kurbelbewegungen mit der Hand und deutet auf das Fenster, aber ich will nicht mit ihm reden und fahre rückwärts davon.

KÖNIGSTEIN

In Königstein geht es immer steil bergauf. Als Großstadt-kind habe ich arge Probleme mit dem Anfahren und muss an jeder Ampel die Handbremse anziehen.

Als kleiner Junge musste ich immer mit der Regional-bahn nach Königstein fahren, um zum Zahnarzt zu gehen. Meine Mutter war der Ansicht, Dr. Leber wäre der beste Zahnarzt der Welt. Dabei war er einfach nur ein sadisti-scher Idiot.

Man ging eine Steintreppe hinauf zu dem Haus am Hang und trat dann in das Wartezimmer ein, in dem es nach Sterillium und Zitronensäure roch. Auf dem Sims des Panoramafensters lagen ein Haifischgebiss, verschiedene Mineralien, Halbedelsteine und die aktuellen Ausgaben von Spiegel und Focus.

Dr. Leber hatte die Angewohnheit, diese Zeitschriften vor der Auslage penibel durchzuarbeiten und mit Kommenta-ren zu Inhalt und Orthografie zu versehen. So fanden sich dann am Seitenrand Hinweise wie:

»FA« (Falscher Ausdruck)
»Stil!«
»Nonsense«
»!«
»!!«

»?«

»??«

»!?«

»Dummkopf.«

»Hört hört.«

»Ihn halten die Deutschen also für ihren Größten: Dieter Bohlen.«

Etc.

Zur Begrüßung drückte er einem die Hand, um dann ohne ein Wort zur Behandlung überzugehen. Seine unangenehme Angewohnheit, ohne eine Vorwarnung und ohne Betäubung mit dem Bohren anzufangen, machte ihn mir irgendwann so verhasst, dass ich, anstatt zu ihm zu gehen, lieber eine Stunde durch die Stadt wanderte und dann wieder nach Hause fuhr.

***

Ich bin spät dran, als ich auf den Schotterparkplatz vor dem kleinen Friedhof schlittere. Ich frage mich, warum alles, was mit Königstein zu tun hat, so verflucht morbide sein muss. Ich ziehe mich auf dem Fahrersitz um und pfeife dabei vor mich hin.

I don't want to be buried in a pet cemetery.

Im blütenweißen Hemd jogge ich zur Trauerhalle, die Türen sind geschlossen.

Der Friedhof ist klein und hügelig, so wie alles hier.

Ich öffne vorsichtig die große Pforte und schlüpfe hinein.

Der Raum hinter den Stühlen ist fast komplett gefüllt mit Trauergästen. Die meisten sind in meinem Alter, Jungen in schwarzen T-Shirts, mit Piercings in der Unterlippe und weiß geschminkte Mädchen mit schwarzen Kleidern – keine schlechte Quote für jemanden, der angeblich keine Freunde hatte. Fast alle weinen bitterlich. Wäre es mein Begräbnis, ich wäre wohl verdammt gerührt.

Dann geht die Musik los, irgendwas Polnisches, Lethargisches mit E-Gitarren, das Suvi wohl mochte, und zwei Männer, die wie Gärtner aussehen, kommen durch den Hintereingang rein, um den Sarg zum Grab zu fahren.

Bezwładnie
Spadam i czekam
Aż uderzę
Ciałem o ziemię

Irgendwas über die Trägheit und das Fallen. Mit dem Einsetzen der Musik brechen auch die letzten Dämme, und der Raum ist erfüllt mit hysterischem Geschluchze, das mich irgendwie beängstigt. Ich fühle mich schlecht, weil ich nicht weinen kann, und stelze als Letzter hinter dem Trauerzug her. Die Sonne strahlt mir ins Gesicht, und ich zünde mir gerade eine Zigarette an, als Elias mir seinen Arm um die Schulter legt. Er nimmt mir die Kippe aus der Hand und zieht daran, seine Augen sind rotgeheult.

Das Grab liegt auf einer kleinen Lichtung, umgeben von alten Bäumen und wildem Efeu. Kein schlechter Ort. Ich vermute, sie hätte eigentlich verbrannt werden wollen. Normalerweise sollte man erwarten, dass depressive Menschen dezidierte Informationen zum Ablauf ihrer

Beerdigung hinterlassen. Die Vorstellung, zu hässlichem Gallert zu verrotten, muss doch einer schönen Frau wie ihr unerträglich sein, oder wollte sie es aus Trotz nicht?

Der Pfarrer spricht die letzten Worte, und der Sarg wird hinuntergelassen. Dann heißt es anstellen, um Erde hinabzuschaufeln. Ein Junge mit Hornbrille und schwarzem Cordjackett wirft eine selbstgebrannte CD ins Grab. Ob sie auch mit ihm geschlafen hat? Hinter dem Stein stehen die Eltern, denen man die Hand geben soll. Die Mutter weint hysterisch, der Vater schweigt stoisch vor sich hin. Die meisten murmeln irgendetwas, als sie ihnen die Hände reichen. Mir fällt nichts Passendes ein.

Etwas abseits vom Grab bilden sich Grüppchen von Jungs und Mädels, fast alle rauchen.

Wahrscheinlich geht es jetzt noch in irgendein Restaurant. Man zeigt dem Tod trotzig die kalte Schulter und schlägt sich ordentlich den Bauch voll.

Elias und ich gehen zu meinem Auto und fahren allein in eine kleine Kneipe am Waldrand.

Wir bestellen beide einen halben Fleischwurstring mit Senf und Brot und dunkles Bier.

Die dicke Wirtin schaut uns mitleidig an, wahrscheinlich denkt sie, ich hätte gerade mit Elias Schluss gemacht. Wir essen schweigend unsere Wurst. Plötzlich durchbricht Elias das Schweigen, und bei den ersten Worten habe ich das Gefühl, seine Stimme zum ersten Mal zu hören.

»Hast du schon reingeschaut?«

Ich greife in die Innentasche meines Jacketts und hole den Umschlag heraus. Ich zeige ihm beide Seiten, sodass er sehen kann, dass ich ihn nicht geöffnet habe.

»Die Büchse der Pandora, ja?« Er grinst durch die Tränen.

»Wenn mich mein Gefühl nicht täuscht, dann ja.«

Zurück im Wagen checke ich mein Handy.

»1 neue Nachricht«

»Lesen«

»Unbekannter Absender«

»Schicke Installation, die du mir da hinterlassen hast. Jonathan-Meese-mäßig. Vielleicht ist die irgendwann mal was wert. Sorry wg. gestern. Falls du noch in der Gegend bist, komm doch bitte auf die Party heute Abend.«

Wie schön.

OESTRICH-WINKEL II

Das Haus ist brechend voll. Die ganze Zeit hat man Körperkontakt mit jedem. Ich versuche gerade, in die Küche zu kommen, da steht eine kleine Erstsemesterin vor mir und imitiert meine Verrenkungsversuche. Sie hat ein transparentes Oberteil aus weißer Seide und einen schwarzen Spitzen-BH an. Das ist auch schon alles, was ich von ihr wahrnehme.

»Na, wen haben wir denn da?«, versuche ich in möglichst vertrautem Ton. Manchmal kann ich das ganz gut … mit Fremden so reden, als würde ich sie schon ewig kennen.

»Ich komme gerade aus Paris, ich bin noch voll platt vom Flug.« Ihre Augen wandern ab von mir zu ihren Händen. Sie spreizt die Finger und betrachtet ihre cremefarbenen Nägel.

»Magst du Nagellack?«

Tja, dazu fällt mir nun wirklich nichts ein. Ich denke an einen Artikel in CQ über Make-up für Männer.

Ein Asiate taucht aus der Menge auf, wir kennen uns irgendwoher. Er zückt eine Digitalkamera, um uns zu fotografieren, und ich lege meine Hand um ihre Hüfte.

»Nicht so schüchtern, ein bisschen vertrauter.«, gibt der Asiate Anweisungen.

»Noch vertrauter?«, fragt sie schockiert. Ist wohl doch nicht ganz so durchtrieben.

In der Küche mixt Jens gerade Drinks. Neben der Spüle stehen zwei große Schüsseln mit fast obszön blumig duftenden Himbeeren, die er im Mixer mit Wodka und Sojamilch vermischt.
Um mich herum stehen haufenweise so arische BWL-Jungs mit karierten Hemden und kurzen Haaren, die mit Gel leicht angeigelt wurden. Dazwischen die hübschen blonden adretten Mädels, die echt schwer zu kriegen sind, wenn man ein bisschen anders ist. Wie dem auch sei, Jens reicht mir ein Glas und brüllt:

»Heeiiioo, you are so ugly – your face could be a modern piece of art!«

Dabei grinst er wie ein Honigkuchenpferd. Die Jungs neben mir bereden irgendeinen Unikram.

Irgendwie kennen sich wohl alle. Ich bin ein bisschen enttäuscht, dass sich niemand für mich als Fremden interessiert.

Wenn der neue Pavian in die Gruppe kommt, lehnen die Männer ihn ab, aber die Frauen wollen ihn ausprobieren.

Thomas reicht mir den Joint, und ich reiche weiter, ohne daran zu ziehen.

Jens fängt an, auf Spanisch auf mich einzureden, und lacht dazwischen. Ein hübsches Mädchen kommt vorbei und fragt mich strahlend etwas auf Spanisch – wahrscheinlich, ob ich Spanier sei.

»Nö«, sage ich.

Sie geht wieder.

»Miststück«, ruft Jens ihr hinterher. Sie hört es nicht oder bezieht es nicht auf sich.

»Diese arroganten Frauen hier machen mich krank. Haben alle nichts drauf, aber wollen auch keinen, der es besser kann als sie, weil sie dann gleich verunsichert sind. Am besten jemanden, den sie halt mindcontrollen können. Mann, ich muss weg aus diesem Land!«

Ein Kerl mit einem Karton Rotwein unterm Arm kommt rein und beginnt, über die Weingüter seiner Eltern zu sprechen. Ich nehme eine Flasche aus dem Karton. Entkorke sie mit einem schicken französischen Kellnermesser und probiere ein Glas.

»Ein bisschen zu tanninbetont«, rate ich ins Blaue.

Er lacht mich aus. Anscheinend hat er wenigstens ein bisschen Ahnung von seinem Wein.

Ich beginne, das Etikett abzuzupfen. Eine Blonde kommt und lächelt.

»Why are you just sitting here tearing paper, while the others are having fun?«

Jens lacht: »Höhöhö!«

»I'm going over to the dancefloor.« Exit Blondie.

»Was zum Teufel war denn das?«

»Tja, da hat jemand halt echt viel Lebenserfahrung. Das ist genau das, was ich meine. Diese Mädels haben in ihrem Leben nichts erlebt. Irgendeine scheiß Privatschule in Bayern oder den Staaten.«

Ich schaue rüber zu dem Rotweinmann: »Und wer bist du?«

Er legt seinen Arm um meinen Hals und kommt ziemlich nah an mich ran, an seiner Unterlippe ist ein dünner rotbrauner Film von getrocknetem Wein. Er taumelt ein wenig, fängt sich dann wieder und brüllt mich an:

»Adolf Hitler!«

Das kam jetzt unerwartet. Meine Position ist ziemlich unangenehm, aber er scheint zumindest nicht so langweilig zu sein wie die anderen Jungs. Ich versuche, mich zu befreien, aber sein Arm schraubt sich fester um meinen Hals.

»Bist du eigentlich ein bisschen geistig behindert?«, fragt er mich.

Auch damit habe ich jetzt nicht gerechnet.

»Ob du geistig behindert bist?«

Er versucht, aus dem Glas zu trinken, das er mit dem Arm hält, der um meinen Hals gelegt ist. Dabei drückt er mir die Luft ab.

»Ob du geistig behindert bist?«

Ich drehe mich aus dem Würgegriff raus und der Typ geht dabei zu Boden. Sein Weinglas zersplittert und irgendwie fällt er so unglücklich in eine Scherbe, dass er sich ziemlich übel an der Stirn verletzt.
Jens ist sofort zwischen uns und schirmt mich vor dem Typen ab. Dabei zeigt er auf den Blutenden am Boden und ruft: »Vorsicht Leute, der ist Ringer, das ist ein echter Kerl. Vorsicht, alle zurück!«
Ich weiß zwar nicht, wie er das gemacht hat, aber dem Psychopathen scheint diese Form der Aufmerksamkeit so unangenehm zu sein, dass er den Raum verlässt.

»Mann, Mann, du machst Sachen! Tranquilo. Warum so aggro? Na ja, in der Telekommunikationsbranche kriegst du jetzt jedenfalls keinen Fuß mehr auf den Boden.«

Irgendwie fühle ich mich großartig. Ein Gefühl von Unbesiegbarkeit durchflutet mich, und ich wende mich mit leicht zitternder Stimme zu Jens rüber: »Dieser Spast, Mann, dessen Eltern sind doch Geschwister.«

»Ja, ja. Jetzt halt mal deine Fresse und komm runter!«

»Gibt's noch irgendwo O-Saft?«, fragt jemand.

Die Tatsache, dass die anwesenden Frauen trotz ihrer Dummheit qua sexueller Anziehung Macht über mich haben, macht mich jetzt viel weniger aggressiv als sonst. Ich setze einen arroganten Blick auf und streiche eine Haarsträhne aus dem Gesicht. Auch die Musik ist gar nicht mehr so nervig.

Bring you through to the stage with the kings
You never see my name when it rings
The drama we bring
Now all sing along when I sing

Ernsthaft sage ich: »Ich bin der führende Frauenflüsterer. Dankschreiben aus aller Welt. Wir entjungfern sofort.«

Jens etwas desinteressiert: »Wir entjungfern schneller.«

Maren hat mittlerweile einen Taxifahrer gerufen, der O-Saft an der Tanke kaufen soll. Der Fahrer steht ein bisschen irritiert im Türrahmen und versucht, einen guten Preis auszuhandeln. Man erkennt schon, dass Marens Familie kein wirklich altes Geld besitzt, so ungerührt, wie sie dem Fahrer die fünfzig Euro in die Hand drückt.

»Soll'n wir ein bisschen cruisen?«

Ich überlege, ob ich wohl irgendwas verpassen werde, man weiß ja nie. Wir setzen uns in Jens' blauen Yaris, und als die Tür zuschlägt, fühle ich mich gleich viel entspannter. Wir starren in den Himmel. Die Straße hat bestimmt 45 Grad Steigung, sodass man sich wie auf einer Abschussrampe Richtung Mond fühlt.

Das Mädchen, das mich für einen Spanier hielt, klopft an die Scheibe. Jens kurbelt auf.

»Ihr wollt nicht fahren, so betrunken wie ihr seid, oder?«

Jens antwortet auf Spanisch. Vom Ton her sagt er ihr wohl, dass wir nur in Ruhe eine rauchen wollen. Oder etwas Ähnliches.

»Euch ist schon klar, dass ihr den Wagen hinter euch gerade gerammt habt, oder?«

Wir drehen uns um. Direkt hinter uns steht ein großer schwarzer Jeep. Da haben wir wohl aus Versehen die Handbremse gelöst und sind unbemerkt zurückgerollt.
Jens lässt den Wagen an und fährt wieder einen Meter nach vorne, und wir steigen dann aus. Auf der lackierten Stoßstange ist eine Macke.

»Wie kann man auch eine Stoßstange an einem bekackten Jeep lackieren?«

Jens redet auf Spanisch auf mich ein. Ich sage gar nichts mehr.

»Kann irgendjemand Spanisch, die reden jetzt nur noch Spanisch.«

Natürlich gehört der Scheißwagen dem Irren mit den Weinflaschen. Der steht jetzt vor mir. Und ich warte eigentlich nur darauf, dass ich jetzt eine reingehauen bekomme.

»Die sprechen nur noch Spanisch«, ruft eine Frauenstimme.

***

Ich kann mich nicht an alles erinnern, ich muss kurze Zeit bewusstlos gewesen sein. Mein Kinn pulsiert wie rohes Fleisch, ich liege auf dem Rücken. Der Psychopath dreht sich um und geht.
Ich bin etwas benommen, als mein Handy klingelt.

»Private Number«

»Hallo.«

»Ey Hombre, Que tal?«

»Wo bist du?«

»Siehst du links von dir die Mauer? Dahinter ist ein Kreuz-weg. Ich bin hier an so 'ner Heiligenfigur. Pass auf, dass dir niemand folgt.«

Das Interesse der anderen ist eh geschwunden. Ich gehe über die Straße in Richtung einer alten Mauer und durch ein Türchen. Fünfzig Meter weiter sehe ich schon ein rotes Grablicht flackern, und daneben steht Jens und raucht.

»Diese Trottel haben alle keine Lebenserfahrung und glau-ben, sie könnten mir was erklären.«

»Okay, mein kleiner Freund. Ich werde jetzt den Ab-schiedsbrief von Suvi vorlesen. Ich denke, jetzt ist der dafür vorgesehene Moment.«

»Auf jeden!«

Ich nehme den Brief aus meinem Jackett und reiße ihn vorsichtig auf. Mit feierlicher Stimme beginne ich, vor-zulesen.

»Ich verlasse Dich jetzt.«

Meine Augen fahren über die Zeilen.

»Dein ungeborenes Kind ist lange vor mir gestorben. Suvi«

Da möchte jemand aber ganz dick auftragen, denke ich.
Ein Suizid reicht hier offenbar nicht.

»Das wars?«

»Das wars!«

BERLIN I

Ich stehe with my pants down vor der Badewanne und pinkle.

Mein Blut explodiert in der linken Herzkammer und rast nach einer steilen Kurve hinab durch die Aorta Richtung Füße. Von da ist es nur noch ein Katzensprung zu den Nieren. Der Druck presst das Blut durch ein Sieb, sodass es zu Urin wird: Nierenbecken, Ureter, Blase, Urethra, Badewanne, Kanalisation, Kläranlage, Fluss, Ozean.

Normalerweise holt der Körper sich noch was von dem kostbaren Nektar zurück, bevor er den Körper verlässt, aber wenn man getrunken hat, ist das so eine Sache.

Das meiste Wasser steckt nicht im Blut oder in der klaren Suppe, in der dein Gehirn wie ein wahres Prachtexemplar von einem Leberknödel dahinschwimmt, sondern in den vielen kleinen Zellen, aus denen der Körper dieses attraktiven Gentlemans, der du bist, besteht. Wenn nun der Worst Case eintritt und du traurig bist, weil deine Mama dich nicht mit ihrem Schlüsselbund spielen lässt und du heulend vor der Badewanne stehst, weil du dir nicht in die Hose machen willst, und pinkelst und pinkelst, dann füllt dein Körper das Blut mit Wasser aus den Zellen auf. Gelenkkapseln und Schädel sind gefüllt mit Glassplittern, und jede Bewegung zeigt dir, dass die Vorstellung von gerade eben, diese Schmerzen seien nicht mehr zu übertreffen, nichts war als der Wunschtraum eines kleinen Hosenscheißers, wie du einer bist.

Draußen hat Winter, diese Bitch, mal wieder zugeschlagen. Aus den Wolken fällt käsig-weißer Silberschnee und füllt den Mariannenplatz mit kaltem Wohlgefallen.

Ich denke an Suvi und weiß schon, was sie mir sagen würde, wenn sie jetzt bei mir wäre. »Warum beschwerst du dich? Wenigstens hast du Freunde, mit denen du weggehen kannst.«

Das heißt: Im Departement *Existenzielle Krisen* kann es nur eine Autorität geben, nämlich sie, und die anderen sind die Pseudoleidenden, die Jammerlappen, die den wahren Schmerz nicht kennen.

Es hilft ja alles nichts, und so ziehe ich meine Hose hoch und schlucke eine Ibuprofen, um mich auf den Weg zur Uni zu machen. Im Treppenhaus riecht es nach Bohnerwachs, und als ich auf die Straße trete, spüre ich, wie das Zeug anfängt, zu wirken, und die Schmerzen nachlassen. Mir ist zwar klar, dass die Tablette noch unaufgelöst in meinem Magen herumdümpelt, aber sie wirkt trotzdem. Ich laufe vorbei an dem türkischen Bäcker, der immer meine Päckchen entgegennimmt, wenn ich nicht da bin. Er lächelt devot, als ich ihm zuwinke. Irgendwie ist er mir nicht geheuer.

Während einer Famulatur in der Nervenklinik der Charité hatte ich einen Patienten mit dem Namen Karl.

Karl litt unter paranoider Schizophrenie. Als ich mich ihm zum ersten Mal vorstellte, war er furchtbar liebenswürdig, erkundigte sich nach meinem Befinden und ob ich Angst vor den ganzen Irren hätte (hatte ich). Dann wünschte er mir Glück und erklärte, wenn ich ein Problem mit denen hätte, könnte ich mich immer an ihn wenden, er wisse schließlich, wie die ticken.

Ich war erfreut von so viel Liebenswürdigkeit und wandte mich lächelnd ab, um zu gehen. Als ich mich noch einmal nach ihm umsah, stand er da mit wutverzerrtem Gesicht, zeigte mir beide Mittelfinger und formte mit dem Mund stumme Beschimpfungen. Als er bemerkte, dass ich ihn ansah, ließ er die Hände sofort fallen und lächelte wieder.

In den Boden ist eine Linie aus grauen Pflastersteinen eingesetzt, hier verlief dann wohl die Berliner Mauer.

Ich gehe über eine Brücke, rechts neben mir ist das Maria am Ufer. Soll ja ganz nett sein, aber irgendwie gehe ich doch nie hin. Es gibt solche Orte.

Die spanischen Punks vorm Ostbahnhof nerven mich. Sie pissen überall hin, sehen scheiße aus und quatschen mich jeden verdammten Tag um Geld an, obwohl ich noch nie einem was gegeben habe – so auch heute. Einer hat einen Neunzigerjahre-Ghettoblaster, auf dem »Terrorgruppe« läuft:

Opa, halts Maul, ich scheiß auf Hitlers Feldzug

Die Rolltreppe hoch und auf die Stadtbahn warten.

Die Bahn ist voll, zumindest so voll, dass ich keinen der Plätze für mich allein haben kann. Also bleibe ich stehen. Bloß keine Nähe jetzt.

Jannowitzbrücke

Alexanderplatz

Hackescher Markt

Friedrichstraße

Aussteigen

Noch mal über den Fluss. Die Russin mit der Zieh-
harmonika ist auch wieder da. Jedes Mal, wenn ich sie
sehe, taste ich automatisch nach Kleingeld in meinen Taschen. Aber ich habe nie loses Kleingeld in den Taschen.
Auf den Asphalt der Brücke hat jemand »Alles wird gut«
gesprüht. Ich fühle mich besser.
Ich gehe in den Feinkostladen am Ufer und kaufe einen
Joghurt mit frischen Früchten. Der Laden entspricht meinen Frankfurter Idealen: Freundlichkeit und Ware gegen
Geld. Keine dämlichen Sprüche vom Personal:

»Entschuldigung, könnten Sie …«

»Ick kann dir jarnüscht«, und Ähnliches.

Die nicht vorhandene Servicementalität in Berlin ist wohl
ein Überbleibsel aus der DDR.
Ich lege ihr die drei Euro hin, sie lächelt und wünscht mir
einen schönen Tag. Ich nicke kurz und gehe.
An roten Backsteinhäusern vorbei über den grünen Campus. Da steht die alte Anatomie. Mediziner haben immer

unglaublich viel Respekt vor ihren Anatomieprofessoren und erzählen selbst mit fünfzig noch von ihnen. Dabei gibt es überhaupt keinen Grund, diese Leute so zu stilisieren. Langweilige Nerds, die ein paar Körperteile auswendig gelernt haben und keinen Nebensatz in ihr verlispeltes Gestammel hineinmanövrieren können, ohne durcheinanderzukommen.

Ich betrete das Institut für Zell- und Neurobiologie, ein uraltes Gebäude, erst ausgeweidet und dann wieder vollgestopft mit modernen Laboren.

Die Sekretärin winkt mir zu, vor noch ein paar Jahren muss sie sehr sexy gewesen sein, jetzt zeigen sich die ersten Krähenfüße, und die Mundwinkel sinken stetig ein bisschen weiter ab. Ihre Bewegungen aber spiegeln noch ein wenig Jugendlichkeit wider.

Ich gehe an den Sicherheitstüren vorbei. Dünne bebrillte Jungs, die wahrscheinlich in ihrer Freizeit Fantasyrollenspiele spielen, Mädchen, deren Bewegungen etwas zu eckig sind, schöne medizinisch-technische Assistentinnen in engen weißen Hosen, durch die sich die Slips abzeichnen. Ich gehe in den Tierstall und schaue nach meiner neuen Lieferung.

Einmal C57BL/6J, E13: eine trächtige Maus, die Embryos sind dreizehn Tage alt.

***

Ich halte die Maus am Kopf fest und ziehe einmal kurz am Schwanz. Das Genick bricht unter dem Zug. Ich spritze den dicken Bauch der Mutter mit Alkohol ab und schneide ihn mit einer kleinen Schere auf. Da sind die kleinen Babys, rosig und mit geschlossenen Augen. Vorsichtig präpariere ich sie heraus, bloß nicht den Darm verletzen, danach wäre alles kontaminiert mit Bakterien, und die Embryos wären nicht mehr zu gebrauchen. Ich schneide ihnen die Köpfe ab, breche die Schädel auf, ziehe die Hirnhäute ab und stecke die nackten Glibberhirne in Plastikfläschchen. Dann geht es ab zum Rest meiner Hirnsammlung auf minus achtzig Grad.

Ich halte den digitalen Schlüssel in das Feld des Transponderschlosses und öffne die Tür ... die knarrende Holztreppe hoch ins Büro.

An dem PC direkt hinter der Tür sitzt Dominik, der Doktorand, mit dem ich den Raum teile.

Ich setze mich an meinen Tisch, schalte den PC ein und notiere die Mäusegehirne in meinem Laborbuch.

Email: Merlin.Bergmann@gmx.de

Passwort: coolboy

1 neue Nachricht(en)

7 neue in Ordner Spamverdacht

Lieber Enkel,

ich habe auf unserer Türkeireise gewartet, bis wir in Kappadokien waren, um Dir von den fantastischen Felsformationen dort die versprochene Karte zu schicken. Aber in der Kleinstadt, in der wir gelandet waren, suchte ich vergebens nach einem Briefkasten, und die Post, in der man sie hätte abgeben können, war zurzeit geschlossen. So bat ich einen Türken, der uns auf einigen Wanderungen geführt hatte, dies zu besorgen, was er auch versprach. Doch nun sind zwei Wochen seither vergangen, und noch hat keiner der Adressaten eine Nachricht von mir empfangen, woran das auch immer liegen mag. Also kurz: Wir sind wieder gesund und wohlbehalten daheim gelandet, obwohl die Eindrücke und Erlebnisse noch lange nachwirken werden, so großartig waren sie einerseits, so verwirrend, ja auch besorgniserregend waren sie andererseits. Aber das ist ein weites Feld.

Ich habe inzwischen am PC meine Reisefotos (fast alle ein wenig nach links gekippt!) bearbeitet und bin mit der Ausbeute recht zufrieden. Außerdem habe ich natürlich einen Kassensturz gemacht: Es reicht im Dezember oder Januar noch für eine Fahrt nach Berlin! Keine Angst: Wir werden uns nicht wie Kletten an Deine Fersen heften, aber es wäre doch schön, wenn wir uns gelegentlich sehen könnten. Insofern würden wir gern den Termin so legen, wie es Dir am besten passt, und da man als Frühbucher bei der Bahn sehr hübsche Rabatte bekommen kann, wäre es lieb von Dir, wenn Du uns, sobald Du klarsiehst, sagen würdest, wann Du Dich voraussichtlich mal ein Stündchen für uns freimachen kannst. Zunächst hat Lore den Nachbarn über uns versprochen, sich um ihre Blumen, den Hamster, die Post und allgemein um ihre Wohnung zu kümmern, um sich für die gleichen Dienste zu revanchieren; sie kommen am 6. Dezember von ihrem Urlaub zurück.

Und natürlich kommt noch das eine oder andere hinzu, was einen vermeintlich unabhängigen Rentner am Orte festhält. So haben wir denn Ende Januar ins Auge gefasst. Wir wollen mal nach Potsdam fahren, waren noch nicht im Brücke-Museum und würden auch die Liebermann-Villa am Wannsee gern besuchen; da meine Leidenschaft Geschichte ist, müssen wir natürlich auch ins alte Zeughaus, und im Martin-Gropius-Haus soll es eine fantastische Ausstellung neuer Funde aus dem antiken Alexandria geben. Also, Programm hätten wir genug. Ohne uns auf den Tag festlegen zu wollen, würden wir für eine Woche am 24. oder 25. Januar nach B. kommen.

Dann bleibt uns außer der Vorfreude nur noch, Dir recht viel Glück bei der Forschung zu wünschen. Erinnere ich mich recht, reicht Fleiß nicht allein, um zu guten oder gar sehr guten Ergebnissen zu kommen: Fortuna muss wenigstens ein bisschen mitspielen!

Herzlichst

Dein Großvater

Ich vergrabe mein Gesicht in den Händen und stöhne.

»Na, schon wieder nur Post von dem nationalsozialistischen Großvater«, tönt es aus Dominiks Ecke.

»Mann, Mann! Dein Großvater is' echt 'n super Typ. Trotz dieser SS-Geschichte. All diese Reisen. Echt gut. Wenn ick mal in Rente geh, werd ick ditte och so richtig genießen. Ick sag immer, ich bin ein einfacher Junge vom Land, ich brauch' nichts als mein Häuschen im Wald, meinen Hund und 'ne jute Frau. Dann geh ick jeden Morgen mit dem Hund, und im Sommer mach ick Holz für den Winter, das hält fit und lebe mit den Gezeiten.«

»Nik, du bist kein einfacher Junge vom Lande, dein Vater hat eine riesige Anwaltskanzlei. Und hör auf, diesen beschissenen Berliner Dialekt zu imitieren.«

»Dit is alles, was ick broch, Kaffee, Zeitung, Hund, Frau, Füße hoch. Und dann höre ick den janzen Tag Punk. Und wir machen dann eine Gemeinschaftspraxis auf. Unten im Haus und oben haben wir zwei Trakte. In einem wohnst du, in dem anderen wohne icke, und in der Mitte ist unser Studio, und da treffen wir uns dann nach Feierabend, trinken ein schönes Schultheiß und machen Punkmusik zusammen.« Er streicht ein paar Haare aus dem Gesicht.

»Ich glaube, ich schreib dem Alten erst mal nicht zurück.«

»Und abends könnten wir denne zusammen fernsehen, und wenn uns schon die Augen zufallen, würden wir dann sagen: ›Ick bin noch jar nüscht müde.‹ Und dann würden wir im Bett liegen und uns Gruselgeschichten erzählen, und dann würdest du immer sagen: ›Nik, jetzt hör doch mal auf, ick will schlafen.‹ Und dann icke: ›Hähä, du hast ja Angst.‹ Und wieder du: ›Ich hab' gar keine Angst, ich will nur schlafen. Außerdem glaub ich, die Geschichte stimmt gar nicht.‹ Und wieder icke: ›Wohl, da waren nämlich fünfzehn Schüler auf Klassenfahrt im Wald ganz hier in der Nähe und … Hahaha‹.«

»Ja, das klingt ganz famos.«

Nik ist ein wenig wankelmütig, was die Stimmung angeht. Manchmal hängt er tagelang zu Hause rum und schaut fern, dann feiert er ein paar Tage wie ein Wahnsinniger, um sich danach wieder wochenlang im Labor zu vergraben, um zu forschen.

»Hast du was dagegen, wenn ick Musik andrehe?«

»Nö, ich schreibe nur Laborbuch.«

Er macht dann allen Ernstes Bushido an und beginnt, irgendwelche Daten am Computer auszuwerten.

Ich war der Erste mit 'nem Ständer im Sandkasten.
Der Erste, der sein Geld gemacht hat mit Pfandflaschen.

Nach einiger Zeit dreht er sich rüber: »Ich brauche diese Rap-Scheiße. Es is' die einzige Möglichkeit für mich, den Fluss der Beleidigungen und Flüche in meinem Kopf zum Abreißen zu bringen. Quasi durch Zuführen von Beleidigungen und Flüchen von außen. Ich fühl' mich so regressiv. Gestern wollte ich endlich mal wieder was spür'n. Ich fühl mich wie in Schaumstoff, Alter. Leider war das 'ne blöde Idee.«

»So, und jetzt soll ich dir die Geschichte aus der Nase ziehen.«

»Eigentlich ist es nicht so schwer zu erraten. Ich hatte noch thailändische Chilischoten im Kühlschrank.«

»Und …?«

»Na, ich habe mir die Eichel damit eingerieben.«

»Hm.«

»Und dann hab' ich eine Stunde unter der Dusche gestanden und meinen Penis unter kaltes Wasser gehalten.«

»Aha. Lass mich raten, wie die Geschichte ausgeht. Am Ende war dein Penis so kalt, dass es sich angefühlt hat, als würde er gar nicht zu deinem Körper gehören, und dieser fremde Penis hat dich dann irgendwie geil gemacht … na ja, und das pikante Ende der Geschichte erspare ich dir.«

»So ungefähr war's.«

Er dreht sich wieder zu seinen Daten.

***

Einmal fuhr ich nach Frankfurt, um Suvi zu sehen. Als ich vom Zugfenster aus den Messeturm erblickte, schrieb ich ihr eine SMS.

»Salut Madame, wie stehen die Aktien? Komme gerade nach FFM rein. Wie wäre es Samstag mit einem Kaffee? Yours truly.«

Der Anblick der Skyline gab mir ein schönes, heimatliches Gefühl. Auf der Rolltreppe Richtung S-Bahn kam die Antwort.

»Leider ziehe ich dieses WE um und bin deswegen arg verplant. Schade, dass du dich erst so spät meldest. LG S«

Optionen

Antworten

»Wir treffen uns immer dieses WE, hättest Du da nicht etwas früher Bescheid geben können. Dann hätte ich mich rechtzeitig mit jemand anderem verabreden können.«

Senden

…

1 Neue Nachricht(en)

»Das tut mir leid. Da ich schon seit Jahren die Wochenenden immer zu Hause verbringe, habe ich wohl vergessen, dass es Menschen gibt, die noch Freunde und Möglichkeit haben, etwas anderes zu tun. Werde mich bessern. S«

***

Es wird langsam dunkel draußen. Ich schaue aus dem Fenster, Dominiks Auto steht noch da. Ich rufe die Vermittlung der Uniklinik an und lasse mich mit seinem Telefon verbinden.

»Hm.«

»Na, wo steckst du, Bub?«

»Ich bin unten am Perfundieren.«

Ich lege auf und gehe runter. Nik sitzt im Kittel vor einer Laborbank. Vor ihm eine Ratte mit aufgeschnittenem Bauch, mit kleinen Nadeln auf einer Styroporplatte gekreuzigt.

»Sehr biblisch, das Bild.«

»Richtig.«

Er versucht, dem kleinen Racker irgendwas in die rechte Herzkammer zu spritzen.

»Wie lange brauchst du noch?«

»Ja, ich kann nach der hier aufhören.«

»Fein, fein.«

Ich gehe hoch und schalte den PC aus. Und warte dann vor dem Institut, um eine Zigarette zu rauchen. Ich frage mich, ob Rauchen etwas mit Todessehnsucht zu tun hat. Bei Medizinern bestimmt.
Nik kommt raus und zündet sich auch eine an. Wir verlassen den Campus zu Fuß Richtung Oranienburger Tor und laufen die Torstraße lang. In einem russischen Laden kaufen wir einen großen kalt geräucherten Fisch, eingelegte Tomaten, Schwarzbrot und eine Flasche Wodka.

Dann zurück zum Institut und mit dem Auto nach Wedding.

Niks Wohnung ist ein vollkommenes Chaos. Die Fenster sind mit Zeitungen zugeklebt. Er schnappt sich zwei zerknüllte Taschentücher, die auf einem Sessel liegen, und verschwindet damit kreischend im Klo:

»Vollgewichste Taschentücher, igitt.«

Ich spüle zwei Teller und ein großes Messer und beginne dann, den Fisch zu entgräten.

Eine Hälfte für Nik, eine für mich. Über der Spüle hängt ein großes Poster von einer polnischen King-Lear-Inszenierung. Der König starrt vorwurfsvoll auf das nicht gespülte Geschirr.

Ich öffne den Wodka und zünde mir eine Zigarette an. Dann fische ich das Vorlesungsverzeichnis der Humboldt-Universität vom Fußboden und beginne zu schmökern. Besonders gut gefällt mir das Seminar der Germanisten: »Todessehnsucht in der deutschen Literatur«. Jeden Donnerstag im Gebäude an der Zinnowitzer Straße.

Nik kommt rein, und wir verputzen wortlos Brot, Tomaten und Fisch. Ich zünde mir gerade eine Kippe an, als er das Schweigen durchbricht.

»Ich habe jetzt mein Leben geändert.«

»Hm.«

»Der Fernseher ist jetzt im Keller. Kein Fernsehen mehr.«

»Kommt mir bekannt vor.«

»Diesmal ist's für immer. Das Blöde ist, dass ich's so gewöhnt bin, dass ich jetzt gar nicht weiß, was ich mit mir anfangen soll. Und dann starre ich einfach vier oder fünf Stunden die Wand an.«

»Manche nennen das Meditation.«

»Buddhismus ist eine furchtbare Religion. Keine Chance, dieser ganzen Scheiße zu entrinnen. Immer wird man wiedergeboren. Ein ewiger Teufelskreis des Versagens.«

»Damit fällt Selbstmord als Alternative weg.«

»Hm.«

»Sollen wir schwimmen gehen?«

»Ja.«

**

Der Plötzensee liegt kalt vor uns. Der eisige Wind zerkräuselt seine Oberfläche zu Sandpapier. Wir durchqueren einen kleinen Tannenwald und erreichen das Ufer. Der Gedanke an das Wasser verursacht mir ein undefiniertes Druckgefühl auf den Ohren, das klirrend in die Haarwurzeln weiterzieht.
Wir ziehen unsere Kleider aus und klettern auf einen schiefen Baum, der weit über das Ufer hinweg in den See ragt.

Dann springen wir. Während des freien Falls stelle ich mich schon mal auf den Herzinfarkt ein, der mich gleich ereilen wird. Im ersten Augenblick weiß man nicht, ob es heiß oder kalt ist, aber dann durchzieht es den ganzen Körper. Nik macht ein paar Züge hinaus, während ich so schnell wie möglich in Richtung des erdigen Ufers paddele. Als ich aus dem Wasser komme, hat sich mein Penis auf Walnussgröße reduziert, und meine Haut ist noppig gespannt wie Gummi. Ich rubbele die eisigen Wasserperlen mit einem Frottee-handtuch von der Haut und schaue dann über den See auf die mächtigen Tannen. Donnerstag werde ich zu dem Todessehnsuchtsseminar gehen. Bestimmt ist dort das eine oder andere melancholische Mädchen zu finden. Nik setzt sich zu mir, und wir rauchen. Der Himmel ist grau, und Nik sieht in dem Licht vor den Tannen aus wie ein germanischer Krieger.

***

Zu Hause schalte ich den Rechner an und schreibe mei-nem Großvater.

»Na, dann kommt mal vorbei.

LG M«

***

Wecker

Aufstehen

Ostbahnhof

S-Bahn

Friedrichstraße

Bäcker

Institut

Wie das immer so ist im Institut, grüßt niemand vernünftig
zurück. Nur ein komisches Grunzen ist zu vernehmen. So-
ziale Kontakte in deutschen medizinischen Laboren sind
im Grunde nur rudimentär vorhanden. Selbst die häss-
lichen Frauen, die eigentlich dankbar dafür sein müssten,
dass ich sie überhaupt bemerke, kriegen den Mund nicht
auf. Wenn eine etwas stört, glotzt sie einen durch dicke
Brillengläser so lange an, bis man irgendwann entnervt
nach dem Problem fragt. Und dann kommt irgendein
Quatsch – dass man irgendwas nicht aufgeräumt hat, oder
so. Ich sitze in meinem Büro und frühstücke.

Ich sollte wohl mehr frisches Obst und Gemüse zu mir
nehmen. Irgendwie habe ich das Gefühl, dass mir die
Haare ausfallen, wahrscheinlich Zinkmangel.
Ich nehme eine Maus aus dem Käfig und setze sie auf dem
Boden ab. Irritiert tappt sie ein wenig umher. Besonders
viel Elan legt sie nicht an den Tag. Vielleicht gefällt es ihr
im Käfig gar nicht so schlecht. Ich löse drei Dartpfeile aus
der Zielscheibe an der Bürowand. Sie liegen gut in der
Hand. Ich werfe den ersten Pfeil. In einer hyperbolischen

Ellipse zieht er durch den Raum. Nachdem er das Maximum seiner Laufbahn passiert hat, senkt er seine Nase herab und rammt sich zwei Zentimeter vor den Augen des vor Angst gelähmten Tierchens in den Boden. Die Maus rührt sich nicht vom Fleck. Ich stecke die anderen zwei Pfeile zurück in das Board und hebe das Mäuschen am Schwanz zurück in den Käfig.

***

Ich bin sehr angewidert von dieser Stadt. Jeden Abend geht man auf irgendeine WG-Party, um sich zu betrinken. Alle Frauen sind schlecht gekleidet und irgendwie prollig. Ich kenne attraktive, geistreiche junge Männer in Berlin, die seit Jahren mit keiner Frau geschlafen haben. Und wenn doch, dann garantiert nicht in Berlin.

Diese Party ist auch mal wieder so anstrengend. Alle sind hässlich und Schauspieler, Studenten oder Musiker. Im ersten Raum spielen ein paar Leute Diakaraoke. Jeder kriegt zehn unbekannte Dias und muss sich eine Geschichte dazu ausdenken und vortragen. Eine Schwedin erzählt gerade eine Agentengeschichte zu irgendwelchen Spaniendias aus den Siebzigern, die wahrscheinlich jemand seinen Eltern geklaut hat. Ich gehe weiter. Im nächsten Raum ist die Tanzfläche. Großer Raum, Flügeltüren, abgezogene Dielen, Balkon zum Innenhof, Stuck.

Ein DJ legt auf, und ein paar Leute tanzen auch.

Ich drängle mich zum Balkon durch und hole zwei Biere. Eins für mich, eins für Nik.

Er sitzt in der Küche und redet mit irgendeinem Brillenträger über den neuen Helge-Schneider-Roman.

»Ich versteh' jetzt nicht, was gerade an diesem Satz so lustig sein soll.«

»Man muss Helge Schneider halt mögen.«

»Ich mag Helge. Aber dieser Satz ist einfach nicht komisch«, murmelt Nik.

Ich reiche ihm sein Bier. Er nickt mir zu. Ich werfe einen hoffnungsvollen Blick auf meine selbstaufziehende Schweizer Uhr.

»Was is'n das für 'ne Prolluhr, bitte?«, fragt der Brillenträger.

Da hilft jetzt nichts. Den Mann kann man nur noch ignorieren. So ein pseudolinkes TAZ-Schwein.
Ich rede mit irgendwelchen Mädchen und nehme mir dann ein Taxi nach Hause.

***

Mein Blick schweift durch das Laborfenster über den Hof und in das Fenster des anatomischen Kabinetts. Ich kann die Vitrinen mit den Schädeln sehen und einen Glaskasten mit dem Skelett eines der »langen Kerls«. Über 2,10 Meter groß war der gute Mann gewesen.
An den Tischen sitzen die niedrigen Semester und lernen

Anatomie. Man kann den Angstschweiß förmlich riechen. An einem Einzeltisch am Fenster sitzt Suvi und isst einen grünen Apfel. Sie schaut verträumt hinaus, und als sich unsere Blicke treffen, winkt sie mir zu. Ich zähle die Möglichkeiten:

1. Da sitzt ein Mädchen → es ist Suvi.

2. Da sitzt ein Mädchen → es sieht aus wie Suvi.

3. Da sitzt ein Mädchen → es sieht nicht aus wie Suvi.
→ Es ist eine Sinnestäuschung.

4. Da sitzt kein Mädchen → es ist eine Wahnvorstellung.

5. Da sitzt kein Mädchen → es ist Suvis Geist.

Die Möglichkeiten 1 und 5 halte ich für unwahrscheinlich, Möglichkeit 2 für möglich, Möglichkeit 3 für wahrscheinlich und die Möglichkeit 4 für irgendwie schmeichelhaft, denn Verrückte haben wenigstens etwas zu erzählen.

Ich ziehe meine Handschuhe aus und hänge den Kittel an einen Haken in der Wand neben der Tür. Unter dem Haken steht: »Merlin Bergmann, Experimentelle Neurobiologie«. Links und rechts davon sind noch weitere Haken mit Laborkitteln. Eine kleine Forscherarmee, an die Wand gestellt.

Den Kiesweg entlang und durch den Hintereingang des anatomischen Kabinetts. Auf Suvis Tisch liegt ein einsames Apfelkerngehäuse.

Ich gehe zurück ins Labor und beginne, hin und her zu

laufen, circa eine Stunde lang geht das so. Dann suche ich im Internet die Nummer von Suvis Frauenarzt in Frankfurt raus.

»Frauenärztliche Gemeinschaftspraxis im Nordend.«

»Dr. Bergmann, Uniklinik Berlin. Eine ihrer Patientinnen ist hier gerade in die Rettungsstelle eingeliefert worden. Wir bräuchten dringend die Akte. Könnten Sie die wohl rüberfaxen?«

Die Sprechstundenhilfe wird ganz hektisch, wie es sich gehört, wenn die Uniklinik anruft. Ich gebe ihr die Faxnummer des Instituts und lege auf, ohne mich zu verabschieden.

Dann starre ich drei Minuten das Faxgerät an, bis die zwei Meter Akten aus der Maschine herauslaufen. Ich lasse die Augen über die Seiten schweifen. Pilzinfektion, Vorsorgeuntersuchungen und immer schön jedes Quartal ein Rezept für die Pille geholt. Seit fünf Jahren.

Keine Schwangerschaften, keine Abtreibungspille, kein Beratungsgespräch für eine Abtreibung. Nichts. Also höchstwahrscheinlich kein Kind mit ihr gezeugt.

Ich gehe noch mal rüber ins Kabinett. Erst jetzt fällt mir auf, wie gruselig es ist, einem Geist in der Anatomie zu begegnen, einem Gebäude, in dem es von Leichen nur so wimmelt. Über dem Eingang steht in den Stein gemeißelt: »Hic locus est, ubi mors gaudet succurrere vitae.« Das würde ich mit meinen rudimentären Lateinkenntnissen ungefähr so übersetzen: Hier ist der Ort, wo der Tod feist grinsend ins Leben zurückkehrt. Oder so ähnlich.

Ich setze mich an den Tisch und starre die Apfelüber-
reste an. Dann nehme einen Edding aus der Tasche und
schreibe auf den Tisch:

DEAD?

***

Ich betrete den Präpariersaal. Angeblich der modernste
in Europa. Würde man in einem altehrwürdigen Gebäude
gar nicht erwarten, so eine stahlverkleidete Halle mit Mo-
nitoren, Röntgenschirmen und OP-Tischen. Nik ist schon
da, und Frau Prof. Lehmann wird kurz nach offiziellem
Beginn erscheinen, um klarzumachen, wie unwichtig ihr
die Lehrveranstaltung ist. Die Kleinen stehen etwas verloren in Grüppchen herum. An die Kühltruhen mit den
Leichen dürfen sie nicht alleine ran.
Dieses Semester habe ich mir vorgenommen, freundlicher
zu den Studenten zu sein. Thema des heutigen Tages ist das
Herz. Beim Blick in die Runde fällt mir auf, dass Lisa Koch
fehlt, die schönste Studentin in diesem Kurs. Ich ahne, dass
sie abgebrochen hat und nicht mehr wiederkommt.
Mir wird einigermaßen mulmig, wenn ich die ganzen
Pfannkuchengesichter anschaue. Einer dümmer als der
andere. Die eine Hälfte fleißig, machtbesessen und langweilig, die andere Hälfte faul, langweilig und naiv. Da sind
mir die Machtbesessenen ja noch lieber, obwohl sie das
natürlich hinter einem Mantel gefakter Empathie ver-
bergen. Gehen am Wochenende ins Renaissancetheater
und halten sich für intellektuell.
Ich lese die Namen vor, und wie erwartet folgt auf den

Namen Lisa Koch erst ein Schweigen, und dann piepst jemand: »Die kommt nicht mehr.«

Ich streiche ihren Namen auf meiner Liste durch. In dem Augenblick kommt Prof. Lehmann reingehetzt. In ihrem Arztkittel sieht sie immer aus wie ein Model vom Werbeplakat einer Pharmafirma.

Wir teilen die Kinder in drei Gruppen auf, und ich versuche, die Schlauen zu mir zu lotsen.

Ich fange an, ein paar langweilige Geschichten über das Herz zu erzählen, und stelle zwischendurch einzelnen Kandidaten Fragen, um wenigstens das Rezeptionsniveau einer Talkshow zu erreichen. Dummerweise weiß ich immer vorher schon, wer die Frage beantworten kann und wer nicht, und trotzdem würde ich am liebsten jedes Mal einen Revolver ziehen und entsichern, wenn jemand die Antwort auf eine Frage nicht kennt. Ich schaue enttäuscht und sage dann:

»Also lasst es mich mal so formulieren: Ihr habt keine Ahnung von gar nichts.«

Ich gebe einer Blonden im engen Wollpulli ein Referat über das Reizweiterleitungssystem auf und beende die Stunde.

***

An der Busstation versuche ich einen harten Gesichtsausdruck. Dazu beiße ich die Zähne fest zusammen, sodass meine Kaumuskulatur hervortritt. Ein paar Studenten stehen an der Station auf der anderen Straßenseite. Sie tragen Nikolausmützen. Heute ist wohl Nikolaus. Der Dümmste von ihnen hat sogar einen blinkenden Stern an seiner

Mütze. Auch um mich herum sind welche von denen, ich befinde mich inmitten von einem brabbelnden, blasenwerfenden Moor aus Studenten, das ständig Begriffe wie »benigne Prostatahyperplasie« oder Ähnliches ausspuckt. Wenn der Bus ankommt, werde ich dem Busfahrer beim Einsteigen verschwörerisch zunicken und dadurch für einen ganz kurzen Moment ein Teil des Lumpenproletariats werden und meine Zunft aus hirnlosen Arzttöchtern und Polohemden tragenden Boyscouts verlassen.

Aus den Umgebungsgeräuschen höre ich plötzlich Niks Lachen heraus. Er kommt die Straße herunter, zusammen mit zwei Mädchen, die in dem Psychiatrischen Institut gegenüber promovieren. Eine große Lockige, die viel lacht, und eine Blonde mit nordischen Gesichtszügen, die nie etwas sagt. Nik grinst.

»Ich hab gehört, du kommst jetzt mit uns Kaffee trinken.«

»Na klar.«

»Merlin, warum kaufst du dir nicht mal so einen kleinen Hoppelhasen mit großen Ohren oder einen Hund? Dann wärst du bestimmt ausgeglichener.«

»Man muss doch gar nicht immer ausgeglichen sein«, raunt die Blonde.

Ziellos bewegen wir uns durch die Straßen, um plötzlich vor Niks Auto zu stehen. Merkwürdig, wie er unseren Weg bestimmt hat, ohne dass wir es bemerkt haben. Es ist ein kleiner rostiger Zweitürer, der schon bessere Zeiten gesehen hat. Ich klappe den Beifahrersitz nach vorne, um mich mit der Lockigen nach hinten zu setzen. Sie ist gut gelaunt. Wir reden ein bisschen übers Medizinstudium und halten vor einem Café in Kreuzberg. Wir setzen uns trotz der Kälte nach draußen.

Blondie: »Es ist kalt.«

Ich: »Sollen wir rein?«

Blondie: »Nein, ich will nicht der Spielverderber sein.«

Nik: »Na komm, du bist nicht der Spielverderber. Wir gehen rein.«

Löckchen: »Es ist doch gar nicht so kalt.«

Wir setzen uns. Eine Kellnerin kommt, um die Karten zu bringen.

Blondie: »Habt ihr Glühwein?«

Bedienung: »Nein, erst ab Weihnachten.«

Blondie: »Aber jetzt ist doch genau der richtige Zeitpunkt für Glühwein.«

Bedienung: »Sorry, das entscheidet bei uns der Chef. Das ist hier alles ziemlich hierarchisch organisiert. Ich habe da kein Mitspracherecht.«

Bedienung ab

Blondie: »Warum vergreife ich mich eigentlich immer im Ton?«

Nik: »Wieso? Die war jetzt ja nicht sauer oder so. Kein Grund, sich aufzuregen.«

Blondie: »Neulich war ich im White Trash, und wir waren fast die letzten Gäste, außer so einem Kerl, der dann alle Frauen angegraben hat. Und dann habe ich ihm halt gesagt, er solle doch einfach heimgehen, er würde in dem besoffenen Zustand doch eh keinen mehr hochkriegen. Und dann war der so was von angepisst von mir, dabei war das doch nur als Tipp gemeint.«

Die Bedienung kommt, und wir bestellen vier Irish Coffee. Diese sind bald ausgetrunken, und es werden weitere alkoholische Getränke konsumiert.

Nik: »Merlin, wie viel Geld hast du eigentlich dabei?«

Ich: »Noch genug, aber wir könnten auch noch was im Supermarkt kaufen und bei mir weitertrinken, bevor wir unser Oma ihr klein' Häuschen versaufen.«

Wir zahlen die Rechnung und machen uns auf den Weg zum Spar. Mittlerweile dreht es sich darum, warum die Jungs in der Mittelstufe in den Fünfminutenpausen immer alle gemeinsam aufs Klo gerannt sind. Bei Frauen ist ja bekannt, dass sie in Gruppen ihre vegetativen Funktionen angleichen. Aber das auszuformulieren, bin ich nun nicht mehr in der Lage, und bevor mir etwas anderes halbwegs Geistreiches einfällt, hat Nik schon die brillante Antwort parat:

Nik: »Kekswichsen.«

Die Mädchen schauen verdutzt. Während wir also Gin, Tonic Water und Pistazien in den Einkaufswagen manövrieren, erklärt Nik die verschiedenen Spielarten des Kekswichsens.

Nik: »… oder die Freundinnen holen den Jungs einen runter und die, deren Freund zuletzt kommt …«

Blondie: »Ja, da sollten wir gleich eine Packung Kekse mitnehmen? Oder man nimmt gleich Haschkekse.«

Ich greife nach einer Packung Prinzenrolle und lege sie in den Einkaufswagen. Mir fällt ein, dass ich noch Milch und Klopapier kaufen muss, also geh ich das Zeug noch holen und treffe die anderen in der Schlange an der Kasse wieder. Die Kekse sind nicht mehr im Einkaufswagen – aber gut. Nik zahlt alles mit EC-Karte. Ich will zuerst der Form halber protestieren, lasse es dann aber gut sein.
Wir schlendern in Richtung meiner Wohnung. Als wir schon fast davorstehen, fragt die Blonde auf einmal etwas erschreckt:

»Wo gehen wir eigentlich hin?«

Alle ignorieren die Frage, schließlich ist alles in gewisser

Weise schon abgemacht. Sie zieht ein stoisches Gesicht und entspannt sich wieder, als wir die Treppen hinaufstapfen, so schnell kann man seine Skrupel überwinden. Löckchen hat sich thematisch schon mal ein bisschen auf die Situation eingestellt:

»Früher war das dann oft so, dass wir einen Typen zu wenig hatten und ich und meine Freundin es dann zu zweit mit einem gemacht haben.«

Tja, was soll man dazu schon sagen.

»Na, das ist doch kulant, dass ihr bereit seid, solche männlichen Fantasien zu befriedigen.«

»Och, das hatte damit gar nichts zu tun, war halt einfach ein Typ zu wenig da.«

Wir gehen in mein Zimmer, und die Mädels amüsieren sich über meine Haarstylingproduktsammlung. Ich drehe Depeche Mode auf, dass der Boden vibriert. Wir sitzen im Kreis und trinken Gin-Tonics. Ich lege meinen Kopf in Lockis Schoß (das mache ich immer, wenn ich mit einer knutschen will), und sie beugt sich zu mir und küsst mich.
Wir machen ein bisschen rum, während die beiden anderen zuschauen.

Löckchen: »Also liebe Studenten, das war die erste Lektion. Sie dürfen das nun selbst einmal probieren.«

Die beiden sind nicht ganz überzeugt, und der Gin ist alle.

Ich: »Na, dann müssen wir wohl noch mehr Gin kaufen.«

Blondie: »Ach was, es ist doch jetzt eh alles klar.«

Komisch, dass sie das sagt, wo sie doch die Einzige zu sein scheint, für die nicht alles klar ist.

Löckchen: »Also diese Studenten sind auch nicht mehr das, was sie mal waren.«

Ich: »Ja, damals in den Sechzigern war das noch was anderes.«

Wir fangen an, uns auszuziehen, und ich blende die anderen beiden aus.
Sie streift ihre Klamotten ziemlich unbeschwert ab. Das imponiert mir. Schließlich hat sie nur noch ihren Jeansrock an. Sie hat lange schöne Beine, aber fast keine Brüste. Normalerweise gefällt mir das nicht, aber bei ihr sieht es irgendwie verdammt gut aus. Sie wiegt ihren Körper zur Musik hin und her und beginnt einfach so mir einen zu blasen. Wir sind immer noch auf dem Holzboden, weil das Bett mittlerweile von den beiden anderen beansprucht wird. Ich überlege, ob wir uns zu ihnen gesellen sollen, entscheide mich dann aber dagegen. Diese ganze Gruppensexgeschichte turnt mich doch leicht ab, und als sie von mir ablässt, nehme ich sie bei der Hand und führe sie in die Küche. Ich will eine Kerze anzünden, aber das Feuerzeug liegt im Schlafzimmer, also gehe ich zurück. Nik ist

mit der Blonden in meinem Bett. Ich trete näher und lasse meinen halberigierten Penis ein wenig vor ihrem Mund herumbaumeln. Sie überlegt kurz, wendet sich dann aber ab. Nik zuckt mit den Achseln. Ich nehme Feuerzeug und Gummi und gehe zurück in die Küche.

Locki liegt nackt auf der Decke. Erst zünde ich zwei Teelichter an und knie mich dann in ihr Gesicht. Mit den Ellenbogen stütze ich mich auf der Fensterbank ab. Ich lasse meinen Blick über den Innenhof schweifen, während ich in ihrem Mund bin und hoffe, dass keiner meiner Nachbarn aus dem Fenster schauen wird.

Sie ist gar nicht verklemmt, und man merkt, dass sie ein gesundes Verhältnis zu ihrem Körper hat. Zumindest oberflächlich. Was noch so an Abgründen und Selbsthass irgendwo tief im Innern lauert, findet man so schnell nicht heraus. Irgendwann hebt sie ihren Oberkörper und flüstert:

»Du bist so geil, ich will mit dir schlafen.«

Das kommt jetzt ein bisschen zu Frauenzeitschrift-mäßig rüber: »Stoßen Sie ein anerkennendes Wow aus, wenn er sein bestes Stück rausholt, und er wird Ihnen zu Füßen liegen.«

Ich packe also das Kondom aus und ziehe es über, und, wie befürchtet, geht meine Erektion jetzt ganz flöten. Ich frage mich, ob ich alt werde oder ob es der Scheißgin ist. Sie guckt mich grinsend an und zieht das Kondom runter.

»Ich meine … Du hast doch nichts, oder?«

Ich schüttle den Kopf und dringe in sie ein. Natürlich habe ich nichts, ich bin so ziemlich auf alle Krankheiten der Welt getestet. Wir sind eine Weile dabei, und sie stöhnt ziemlich laut. Das irritiert mich jetzt auch wieder. Nachdem wir die Standardpositionen durchhaben, bin ich wieder oben und sie sagt grinsend: »Also schwanger werd' ich nicht, du kannst ruhig kommen.«

Das war mir zwar schon vorher klar, aber es ist schon schöner, wenn man auch weiß, dass die Frau genug hat. Nach dem Orgasmus füllt sich mein Körper mit zähflüssigem Blei, das mich zu Boden zieht. Irgendeine Scheiße wird in meinem Gehirn ausgeschüttet, die mir dieses Gefühl gibt … Prolaktin … Dopamin … Serotonin, keine Ahnung. Irgendeine Gehirnscheiße halt.

***

Trotz der Ohropax wache ich auf, als die SMS kommt:

»Stille Tage in Kreuzberg. LG Nik«, steht da.

Ich habe unglaublichen Durst. Kein Wunder, wenn man den ganzen Tag nichts trinkt außer Gin und dann seine kostbaren Körpersäfte in irgendeine Psychiatriedoktorandin spritzt. Ich bin ein wenig pissed off, wenn ich bedenke, dass ich kein Kondom benutzt habe. Ich gehe mögliche Geschlechtskrankheiten durch: HIV, Syphilis, Feigwarzen, Chlamydien, Pilzinfektionen, Gonorrhoe, Hepatitis, Herpes, Weicher Schanker, Trichomonaden, Filzläuse, Amöbenruhr, Dellwarzen usw.

Ich überlege, wie viele Sexualpartner sie wohl schon hatte. Wahrscheinlich ziemlich viele, wenn ich bedenke, wie sie sich im Bett benommen hat. Und besonders großen Wert auf ein Gummi hat sie auch nicht gelegt. Ich taste vorsichtig meine Lymphknoten im Nacken, unter den Ohren, in der Leiste und in den Achselhöhlen ab.

Es ist kalt in meiner ach so tollen, aber leider nicht isolierten Berliner Altbauwohnung.

Ich wickle die Decke um meinen Körper und wabble wie eine laufende Raupe Richtung Badezimmer. Radiator aufdrehen und dann in die Küche, Espressobohnen mahlen und in das Metallkännchen mit den drei Kammern füllen. Während es auf dem Herd vor sich hin brodelt, kurz unter die Dusche.

Ich spritze den Boden der Dusche mit dem heißen Wasser ab, um ihn anzuwärmen, und schäle mich aus der Decke und den OP-Kleidern, in denen ich schlafe. Ich wasche mir nur den unteren Teil des Körpers, denn es ist einfach zu kalt, um mit nassem Oberkörper aus der Dusche zu steigen.

Mein Penis ist ein bisschen gerötet. Erste Anzeichen einer tödlichen Infektion.

Nach dem Duschen gehe ich in die Küche und nehme den Espresso vom Herd. Die Milch ist alle, also muss ich Kaffeeweißer benutzen.

Ich frage mich, warum ich mich nach dem Sex immer so betäubt fühle, aber vielleicht ist das auch nur der Alkohol.

BERLIN II

Nik beugt sich über das Vibratom und schneidet ein ge-
frorenes Mäusegehirn in dünne Scheiben. Außen an seiner
Hosentasche ist ein Button befestigt:

You can tell he's lying because his lips are moving

Nik macht diese Buttons selber. Ich glaube, er betrachtet
sie als Spiegel seines Unbewussten. Wohl ein Hinweis
darauf, dass er ein schlechtes Gewissen seiner Freundin
gegenüber hat.

»Na, du Held.«

Er schaut verschmitzt auf: »Alles klar bei dir?«

»Mal abgesehen von diesem mononukleoseähnlichen
Krankheitsgefühl.«

Er: »Ich habe auch kein Gummi benutzt.«

»Aber deine war nicht so promiskuitiv drauf, glaube ich.«

»Na, da hast du wohl recht.«

Ich taste noch mal vorsichtig meine Lymphknoten hinter den Ohren ab, und ich kann förmlich spüren, wie das HI-Virus sich über meine CD4-Zellen hermacht, sie alle entert, der verdammte Parasit, um mich letztendlich nach ewiger antiretroviraler Therapie zugrunde zu richten.

Ich setze mich an den Rechner und suche bei uptodate.com nach den aktuellen HIV-Leitlinien.

Dann beginne ich, bei pubmed.com einzelne Fallbeschreibungen durchzuarbeiten.

Ich finde heraus, dass das Risiko einer Infektion durch HIV bei einmaligem Geschlechtsverkehr geringer als eins zu hundert ist, dass es aber extrem ansteigt, wenn einer der Partner mit einer weiteren Geschlechtskrankheit infiziert ist – zum Beispiel Chlamydien.

Als Nächstes finde ich heraus, dass mehr als zehn Prozent aller siebzehnjährigen Mädchen mit Chlamydien infiziert sind. Damit steigt die Wahrscheinlichkeit, dass Löckchen Chlamydien hat, auf ungefähr hundert Prozent, schließlich hatte sie sicher schon circa 10.000 Sexualpartner.

Happy Days!

Ich schaue rüber zu dem Platz, wo ich Suvi gesehen habe. Sie hatte irgendetwas – Jean-Pierre Léaud würde sagen – Mystisches:

Wie sie die Hand manchmal an den Hinterkopf führte; wie ich die abgekauten Fingernägel ahnen konnte, ohne sie je zu sehen – sie hielt sie wohl unter Verschluss; wie sie ihren Wespenleib zu mir hinbog und mich kurz belichtete. Einmal liefen wir mit ein paar Freunden über den Eisernen Steg nach Sachsenhausen. Wir hatten am Römer Kuchen gekauft: *Linzer Torte*, und wollten uns ans andere

Ufer des Mains setzen. Sie war etwas zurückgeblieben. In solch einer Situation wünschte sie sich, dass man auf sie wartete und sich ihrer Schmerzen annahm, die sie hinderten, Schritt zu halten. Außerdem hatte sie schon die ganze Zeit gelitten, aber niemand hatte Rücksicht auf sie genommen.

Manchmal sagte ich dann irgendetwas nicht besonders Einfühlsames und wurde wochenlang als Aggressor behandelt, worunter ich schwer litt. Denn nichts verletzte mich so sehr wie Liebesentzug. Es blieb also nur die Alternative, entweder gleich oder zu einem späteren Zeitpunkt zur Rechenschaft gezogen zu werden. Ich bevorzugte hier aus Trotz meistens das Später.

Wir gingen die roten Steintreppen ohne Suvi hinunter und breiteten eine karierte Wolldecke auf dem Gras aus. Vom Ufer war die Wiese durch einen betonierten Weg getrennt, auf dem unentwegt Jogger und Rollerblader entlangfuhren. Hin, her, hin, her …

Ich packte die Kuchenstücke aus, nussig-saftig mit Johannisbeermarmelade, von Hollhorst, der alteingesessenen Konditorenfamilie, jeder Kunde ein Störenfried.

Ein Mädchen namens Ninke hatte heißen schwarzen Tee mit viel Milch und Zucker in einer Thermoskanne mitgebracht. Außerdem holte sie einige britische Porzellantassen aus ihrem Picknickkorb, sie hatten die Farbe von Elfenbein, und auf dem Boden war das Logo der Porzellanmanufaktur *Royal Doulton* eingeprägt:

Royal Doulton England
English Translucent China
Greenwich
T.C. 1076
Copyright Doulton & Co Limited

Darüber ein Löwe mit einer Krone auf dem Kopf. Trotzdem sah er nicht eingebildet aus. Ein adliger Löwe, der sich
nie große Gedanken um Geld machen musste und deswegen auch nicht so arrogant war wie manche Neureichen.
Als ich aufsah, stand Suvi ein paar Meter abseits an einen
Baum gelehnt.

Sie sah aus wie eine kleine Fee aus einem russischen Mär-
chen, nur nicht besonders glücklich. Ich hätte sie gerne
umarmt und getröstet, gleichzeitig wusste ich, dass sie
in ihrem jetzigen Zustand nur vollkommen versteinern
würde, sobald ich käme, um sie zu berühren. Kein Wort
und meine Zuneigung stoisch über sich ergehen lassen.

Als ich mich wieder umschaute, war Suvi verschwunden.

»Na, was macht dein Geist?«

Nik starrt mich erwartungsvoll an. »An den habe ich auch
gerade gedacht.«

Draußen laden die beiden Langes gerade frische Leichen
ab, die alle in einer flachen Wanne unter einem Tuch liegen; Vater und Sohn Lange haben alle Mühe, sie die Keller-
treppe runter zu verfrachten. Unten angekommen, werden
sie die Arteria femoralis punktieren und die Gefäße der
Toten mit Formaldehyd vollpumpen.

Ich sehe den beiden gerne zu. Vater und Sohn … beide in

derselben Branche, das gibts heute nur noch selten. Als ich hinaustrete, nickt Vater Lange mir zu.

Auf Suvis Tisch liegt immer noch der Apfel – er ist sichtlich gealtert. Auf dem Tisch steht jetzt.

DEAD?
DEAD RIGHT!

Ich setze mich und starre die Schrift an. Hat das irgendeine Bedeutung? Hatte Nik das vielleicht ergänzt oder irgendein anderer? Seine Art von Humor wäre es. Wie Suvis Schrift sieht es eigentlich nicht aus, aber bei Druckbuchstaben ist das immer schwierig zu sagen. Müdigkeit überkommt mich. Ich schiebe die Apfelreste etwas zur Seite und lege meinen Kopf auf den Tisch.

Im Traum bin ich wieder im anatomischen Kabinett und inspiziere die Tische. Auf jedem ist ein kleiner Dialog geschrieben:

– Shoa, Du lebst. Bitte melde Dich.
Manfred
– Wie kommst Du auf diese verrückte Idee? Ich bin seit drei Jahren tot.
Shoa

....

– Du Schwein, melde Dich.
– Oink, oink.

....

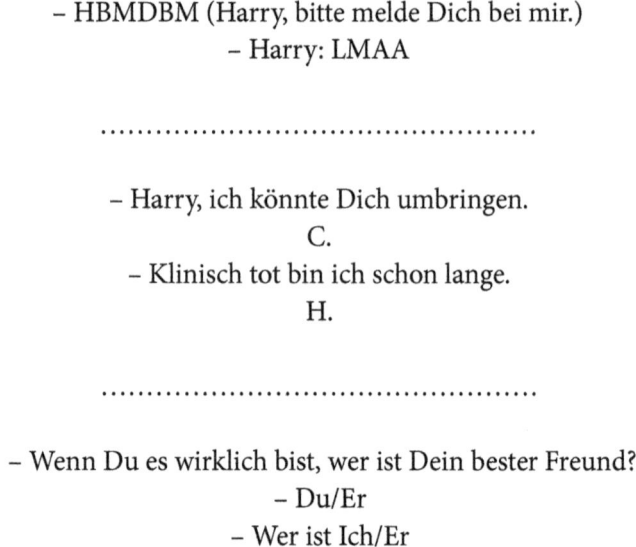

– HBMDBM (Harry, bitte melde Dich bei mir.)
– Harry: LMAA

....

– Harry, ich könnte Dich umbringen.
C.
– Klinisch tot bin ich schon lange.
H.

....

– Wenn Du es wirklich bist, wer ist Dein bester Freund?
– Du/Er
– Wer ist Ich/Er
– Erich

Ich wache auf. Auf der Tischplatte unter meinem Mund hat sich eine mittelgroße Menge Speichel angesammelt. Ich schaue mich verschämt um und wische ihn dann mit dem Ärmel meines Kittels weg. Mir ist ein wenig dösig zumute, und ich gehe wieder rüber. Drinnen werfe ich Nik einen wissenden Blick zu. Er lächelt, das kann allerdings vieles und nichts bedeuten. Aber ich will ihm nicht den Gefallen tun und fragen, ob er es war. Er würde es eh niemals zugeben. Er ist ein zu gelassener Lügner, als dass ich ihn je durchschauen könnte.

***

Suvi wohnte in einer WG in der Nähe des Westbahnhofs.

Auf der einen Seite der Straße standen kleine zweistöckige Häuschen, nur etwas größer als Einfamilienhäuser, auf der anderen Seite eine S-Bahnbrücke, die gerade so hoch war, dass man vom Zug aus einen perfekten Blick in Suvis Schlafzimmer hatte. Entgegen meinen Erwartungen versteckte sie sich nicht vor den Zügen. Die meisten Mädchen, die ich vor ihr kennengelernt hatte, waren immer vor Spannern und Stalkern auf der Hut gewesen. Suvi zog nicht einmal die Vorhänge zu, als wir miteinander schliefen.

So war ihr Privatleben also ständig durchzuckt vom Aufleuchten fremder Blicke aus den vorbeifahrenden Zügen.

Ein paar Tage, nachdem sie von unserem Picknick verschwunden war, fing ich an, mit der S-Bahn an ihrem Fenster vorbeizufahren – einmal täglich, meistens am Abend. Ihre Gardinen waren jetzt zugezogen. Wenn ich anrief, war sie nicht da, und ihre Mitbewohnerin versprach mir, ihr einen Zettel an die Tür zu pinnen. Hatte sie überhaupt das Recht, mich einfach aus ihrem Leben auszusperren?

***

Ich gehe wieder ins Labor. Nik sitzt immer noch da und schneidet. Seine rechte Hand an der Kurbel, die das gefrorene Gehirn rauf und runter bewegt, und immer ein winziges Stückchen näher an die Klinge heran. Gewebe wird Schicht für Schicht heruntergepellt: erst die Großhirnrinde, darunter die weiße Substanz, stellenweise Kerne grauer Substanz, Schaltzentralen, vollgepackt mit Nervenzellen und kleinen Hohlräumen.

Als die Ärzte der Antike das erste Gehirn öffneten, dachten sie, in den Käselöchern hätte zu Lebzeiten die Seele gehaust und ihre Wohnung nach dem Tod verlassen.

Ich setze mich an eine Laborbank und pipettiere zwei Stunden lang winzige Mengen durchsichtiger Flüssigkeiten in eine Platte aus Plastik.

In jedes Loch ein bisschen Gehirnsaft einer Maus und andere tolle Zutaten. Am Ende stecke ich die Platte in eine Maschine. Während die Maschine arbeitet, esse ich am Oranienburger Tor Schawarma.

Ich starre durch die Scheiben von Dada-Falafel und bin furchtbar gelangweilt. Phasen der Manie folgen auf Phasen der Lethargie – so ist es immer. In drei Monaten, wenn ich meinen negativen HIV-Test in der Hand halte, wird wieder irgendetwas passieren, das mein Gefühlsleben gehörig durcheinanderwirbelt, und eines Tages werde ich sterben, so wie das so üblich ist. Vorher werden meine Eltern sehr alt werden, ich werde sie in ein Heim stecken. Natürlich wird mir das Heim zu teuer sein, dafür, dass meine Eltern dort so unmenschlich behandelt werden. Bald werde ich Mitte dreißig sein und auch merken, dass ich zu alt bin, um noch in Clubs zu gehen. Mit Unbehagen werde ich beobachten, wie Berlin weiter verroht und verwahrlost. Oder ich ziehe ins gewaltfreie Süddeutschland und lasse mich von irgendwelchen borniertenn, konservativen, oberflächlichen, neureichen Münchnern oder infantilen Stuttgartern terrorisieren. Vielleicht wandere ich aus.

Die Wand links neben mir ist mit einem arabischen Mosaik aus bunten Tonscherben geschmückt. In der Mitte

hängt ein runder Spiegel, in dem ich die linke Hälfte
meiner Stirn sehen kann. Ich frage mich, ob ich langsam Geheimratsecken bekomme. Ich fahre mir mit der
Hand durch die Haare und inspiziere den Ansatz an
der Stirn. Kein Zweifel, ich verliere meine Haare. Der
körperliche Zerfall lässt sich nicht stoppen. Siehe Swift:
wie da die 700-Jährigen vor sich hin modern à la »ich
bin hässlich, die Schweine erbrechen sich bei meinem
Anblick«.
Scheiß auf die Unsterblichkeit. Alles Bullshit. Das einzig
Unsterbliche in unserer Welt ist der Krebs. Eine Zelle, die
nicht wie jede andere irgendwann Selbstmord begeht, um
Platz für die jungen unverbrauchten zu machen. Stattdessen
teilt sie sich in ihrer Selbstsucht immer weiter und weiter,
wächst und wächst nur der Gier wegen und ignoriert alle
Hilfeschreie ihrer Umwelt, der sie die Nährstoffe wegfrisst,
bis schließlich der ganze Organismus zugrunde geht.
So schweifen die Gedanken und ich nehme mir noch eine
Bionade Holunder aus dem Kühlschrank, zahle und gehe
zurück ins Institut.
Auf dem Rückweg komme ich an der Humboldt-Apotheke
vorbei. Ich lege meinen Arztausweis auf die Theke und
kaufe eine Packung Finasterid, ein Medikament für Männer mit vergrößerter Prostata. Es hemmt die Synthese der
Wirkform von Testosteron und führt so zu einer gewissen
Verweiblichung. Die Prostata vergrößert sich nicht mehr
so schnell, die Libido lässt nach, die Ejakulatmenge nimmt
ab, und der Haarausfall hört wieder auf. Mir soll's recht
sein, habe im Augenblick eh keine Lust mehr auf weitere
Eyecandies in den nächsten Monaten.
Im Institut schmeiße ich die Packungsbeilage in den Müll

und breche eine der Tabletten in vier Teile. Zwei Viertel lege ich in meine Schreibtischschublade, eins nehme ich ein, und eins zerbrösele ich in den Wasserspender meiner Maus. Nach ein paar Minuten ertappe ich mich dabei, wie ich in den Spiegel linse und darauf warte, dass die Ecken verschwinden, tatsächlich scheint es mir, als wäre es schon wieder besser geworden. Gepriesen sei die wunderbare Welt der Medizin!

***

So, jetzt nehme ich die Antiandrogene bereits seit einer Woche. Kann zwar nicht sagen, ob das nur der Placebo-Effekt ist, aber ich muss zumindest nicht mehr jeden Tag masturbieren. Auch gehen mir Frauen, die dumm und gleichzeitig hübsch sind, nicht mehr so sehr auf die Nerven wie früher. Ein ungewohntes Gefühl der Freiheit. So fühlt man sich dann wohl als Frau, oder wie?

Trotzdem geht mir die neue Suvi nicht mehr aus dem Kopf, und genau deshalb sitze ich ständig in meinem Büro und spähe rüber in die Anatomie, aber keine Suvi ist da. Das Einzige, woran ich sonst noch denken kann, ist das HI-Virus, das sich wahrscheinlich gerade an meinem Immunsystem zu schaffen macht. Ab und zu stehle ich mich aufs Klo und messe Fieber. Heute waren es schon 38 Grad. Hinzu kommt dieses brennende Hitzegefühl in der Harnröhre beim Urinieren. Sollte das wohl mal checken lassen! Allerdings nach Möglichkeit nicht an der Uniklinik, wo mich jeder Dritte kennt. Dann kann ich mir auch gleich ein Schild umhängen.

Ich vermute, Nik ist auch ein bisschen nervös, zumindest steht auf seinem Button:

Put a gun to my head and paint the walls with my brain

Ich sitze vor dem Rechner und versuche herauszufinden, wo ich mich anonym checken lassen kann, und werde auch schnell fündig. Das Gesundheitsamt Tempelhof-Schöneberg. Werde morgen wohl mal hingehen.
Bis dahin brauche ich jedenfalls etwas Zerstreuung. Als ich den Aufenthaltsraum betrete, sitzen da Nik und das blonde Mädchen und trinken Bier. Sie setzt ein cooles Chloë-Sevigny-Lächeln auf, und wir umarmen uns.

»Wir wollten gerade was essen gehen.«

»Und wo?«, frage ich.

»Na, das entscheidest doch du.«

Wir steigen in Niks Auto, Blondie auf den Beifahrersitz und ich dahinter. Eigentlich kenne ich in Berlin nur drei Restaurants, das sind genau die Restaurants, die auch in jedem Touristenführer empfohlen werden, und deshalb sind sie auch immer überfüllt. Ich entscheide mich trotzdem für »Monsieur Vuong«, und Nik nimmt Kurs Richtung Hackescher Markt.
Die Kleine und ich reden über Anti-Schuppen-Shampoos, Nik ist wie immer schweigsam. Sie ist ein bisschen weinerlich drauf, genau wie letztes Mal, und lässt keine Gelegenheit aus, auf unsere moralische Verderbtheit hinzuweisen.

Sie erzählt irgendwas von ihrem Freund in Stuttgart und sagt dann: »Am besten ist es, wenn jeder seine Hände bei sich lässt.«

Ich beginne, ihr den Kopf zu massieren, und sie schließt die Augen. Wir stehen im Halteverbot direkt vor dem »Monsieur Vuong«. Schon draußen riecht es nach Räucherstäbchen, und so Touristen aus Ostdeutschland drängen hinein und heraus durch den roten Samtvorhang. Drinnen stehen kleine Tische dicht an dicht, und hinter der Bar rennen junge Asiaten herum, mixen Smoothies und füllen große weiße Porzellanschüsseln mit Wan-Tan-Suppe. Im Hintergrund läuft Jamie T, als wir uns an die schwedische Holzbar setzen. Wir bestellen alle ein Curry und einen Mango-Kokos-Smoothie und versuchen dann, uns zu akklimatisieren. Die Kleine sitzt zwischen uns beiden.

»Also so verbringt ihr eure Freizeit: rumhängen in Edelrestaurants?«

»So in etwa«, grummelt Nik, und schon erscheint das Essen.

Sie hat ein komisches Oberteil an: Der Teil, der am Torso anliegt, besteht aus blauer Baumwolle, die Ärmel scheinen wie aus einer Netzstrumpfhose geschneidert. Dummerweise sind sie so eng, dass aus jeder Netzraute das eingezwängte Fleisch herausquillt. Assoziationen von Netzsalami drängen sich mir auf.

Vor ein paar Jahren kam ich mir immer ziemlich cool vor, wenn ich in einem asiatischen Restaurant ganz routiniert mit Stäbchen aß, heute kann das jeder. Nik schaufelt das Essen mit einem Löffel rein, und ich mache das jetzt auch so.

An der japanischen Kultur hat mir immer das Redeverbot während des Essens gefallen. Genauso, wie man in einer guten Ausstellung nicht so klug daher quatschen sollte.

Klar und zielstrebig das Essen reinschaufeln und sich auch etwas Zeit nehmen zum Genießen oder halt die Bilder angucken, die schönen raussortieren und ein bisschen auf sich wirken lassen.

Wenn Nik und ich zusammen essen, wird nie gequatscht, und die Kleine scheint sich auch recht wohlzufühlen in der Stille. Die Portionen sind, wie in all diesen Restaurants, zu klein, aber für den Augenblick reicht es.

Ich stehe auf, um zu pinkeln, balanciere zwischen zwei großen Werbefritzen auf kleinen asiatischen Holzstühlen hindurch und betrete das Klo. Es ist so klein, dass es schwierig ist, die Tür wieder zu schließen, wenn man erst mal drin ist. An der Wand hängt die Bleistiftskizze eines asiatischen Mannes, der seinen gigantischen Penis in der Hand hält. Ich versuche, die Skizze anzupinkeln, aber sie hängt zu hoch. Ich wasche mir die Hände und mache mich auf den Rückweg.

Die Kleine nestelt in ihrer Handtasche herum und fingert ihr Lipgloss heraus. Das nass glänzende Rosa sieht recht lecker aus auf ihren Lippen.

»Ist das so ein Gloss mit Geschmack?«, frage ich.

Zur Antwort spitzt sie ihre Lippen, ich zögere einen Augenblick zu lange, und die Chance ist vertan. Nik grinst rüber. Ich bin ein bisschen unsicher, ob er mit ihr allein sein will, also hole ich mein Handy raus und schreibe eine SMS:

»Soll ich gehen?«

Zum Glück hat er den Ton aus und wartet ein bisschen, bis er sein Telefon aus der Tasche nimmt. Er schaut rüber und deutet ein leichtes Kopfschütteln an. Ich gebe dem Kellner ein Zeichen, aber der deutet auf Nik.

»Hab schon gezahlt.«

Wir stehen auf und gehen zum Wagen. Am Fenster hängt ein Strafzettel. Nik legt ihn ins Handschuhfach zu den anderen.

Wir fahren vollkommen ziellos durch Mitte, und die Kleine fragt immer wieder, wohin es geht. Wir antworten nicht oder nur ausweichend. Wir haben einfach keine Lust, zu antworten.

***

Nachdem Elias aufgelegt hatte, ging ich in die Küche, nahm ein Bier aus dem Kühlschrank, steckte meine Schlüssel ein und machte mich auf den Weg zur S-Bahn. Während ich auf den Zug wartete, schielte ich zu der geschlossenen Flasche, die auf dem Sitz neben mir stand. Eigentlich hatte ich keine Lust, es zu trinken, andererseits wollte ich sie auch ungern so stehen lassen. Vor ein paar Jahren war die Marke »Binding« von der Konkurrenz übernommen worden.

Ich dachte an die Gerste auf dem Feld und die Männer, die die Brauereimaschinen bedient hatten. Als die Bahn einfuhr, steckte ich die Flasche einfach in die Jackentasche und hörte auf, nachzudenken.

Den Weg vom Westhafen zu Suvis Wohnung legte ich ohne einen nennenswerten Gedanken zurück. Die Tür zu Suvis Haus fiel wie immer viel zu laut in die Angel, aber zum ersten Mal zuckte ich bei dem Knall nicht zusammen. Elias saß in der Küche und rauchte. Wir umarmten uns, und ich folgte ihm ins Schlafzimmer. Suvi saß in ihrem Ohrensessel. Aus der Wohnung drüber tönte der Fernseher. Ich wusste gleich, dass sie tot war. Trotzdem ging ich im Kopf die sicheren Todeszeichen durch: Totenflecken, Rigor Mortis, Fäulnis usw. Ich bückte mich und zog ihr das rechte Hosenbein ein Stück hoch, da waren sie auch schon, die Flecken, lehrbuchmäßig rot-lila, die in den nächsten Stunden noch dunkler und größer werden würden, um dann irgendwann wieder zu verschwinden.

Ich zündete mir eine Zigarette an und schaute aus dem Fenster, dabei dachte ich an die Szene in Citizen Kane, in der Dorothy Comingore versucht, sich umzubringen. Die Szene ist schon gut, aber mir ist nie klar geworden, warum immer so ein Terz darum gemacht wird. Aber das wird Filmstudenten wahrscheinlich so beigebracht, dass man diese Szene gut finden muss.

Und dann sah ich ihn zum ersten Mal.

Zuerst dachte ich, es wäre eine besonders fette Katze, die da auf den Gleisen Mäuse jagte, aber es bewegte sich viel zu träge und irgendwie lustig. Wahrscheinlich war er aus dem Frankfurter Zoo entlaufen. Ich nahm mein Bier aus der Tasche und trank.

Der Wombat

***

Im Scheinwerferlicht der Autos sehen die Regentropfen aus wie weiß-glitzernde Klingen. Ich habe das Beifahrerfenster einen Spalt geöffnet, und der nasse Asphalt lässt die Geräusche des Verkehrs wieder so unwirklich klingen.
»So, wenn ihr jetzt nichts mehr machen wollt, könnt ihr mich hier rauslassen.«

Wir sind mittlerweile im Prenzlauer Berg gelandet, recht nahe am Helmholtzplatz. Fünfzig Meter weiter hat ein Bekannter von mir vor drei Jahren so ein Schokoladengeschäft aufgemacht. Mittlerweile gibt es Kopien davon in ganz Deutschland, und die linken Ökomütter snacken sich tonnenweise roten Pfeffer in Bitterschokolade rein.

Nik fährt vorwärts in eine große Parklücke und schaltet auf Standlicht.
Sie öffnet die Tür.

»Gut, dann noch einen schönen Abend, oder habt ihr noch Lust, was zu machen?«

Nik dreht sich erwartungsvoll zu mir um. Liegt jetzt wohl an mir, ob noch was passiert. Ich stöhne leise und öffne die Tür. Aber diesmal nehme ich ein Kondom, ich schwörs!

***

Wir liegen nackt im Bett und ich versuche, keinen Kontakt mit den Körpern neben mir zu haben. Die Decken sind recht hoch, bestimmt vier Meter oder mehr. Ich ziehe an der Zigarette und reiche sie dann nach hinten. Jemand nimmt sie mir ab. Nik steht auf und beginnt sich anzuziehen.

»Die Romantik ist tot«, grummelt sie.

»Kein Grund, sentimental zu werden.«

Automatisch richte ich mich auf. Die verfluchte Schwerkraft ist stärker als gewohnt, aber dem wirkt die Angst entgegen, alleine mit dem Mädchen hier im Bett zurückzubleiben.
Nik hat die ganze Zeit über sein T-Shirt anbehalten. Darauf ist ein kleines Mädchen mit einer Schale Reis in der Hand und einem Revolver an der Schläfe. Darüber steht:

Eat more Rice, Bitch!

Durch das Fenster kann man ein paar Flocken herab-
rieseln sehen. Ich nehme mir vor, später ein Weihnachts-
gedicht zu schreiben, und ziehe die Hose an.

***

Die Häuser sind alle aus rotem Backstein. Die Sonne geht
langsam unter, und ich kann hinter dem weißen Rauschen
des Abendwindes schon eine Bassline erahnen. Ist wohl
ein altes Fabrikgelände.
An dem kleinen Hexenhaus, das vor mir auftaucht, ist ein
Wegweiser.
Hinter der nächsten Ecke steht schon eine Traube von
jungen Leuten beim Rauchen, links ein flacher Bau mit
abgeklebten Scheiben, aber an den Rändern blitzen bunte
Lichter heraus.
Am Eingang stehen wie immer ein breiter Typ und ein
arrogantes Mädel – als ob es heldenhafter wäre, Eintritts-
karten für die Disco zu verkaufen als für die Geisterbahn.

»Könnte sein, dass ich auf der Gästeliste steh«, und ich lege
meinen Ausweis auf die Theke.

»Nö, stehste nich', zwölf Euro.«

Ich lege das Geld hin und ärgere mich. Klar müssen sich auch
Künstler finanzieren, gerade wenn sie nicht total schlecht
sind. Aber zwölf Euro für so eine Band ist doch recht happig.
Ich gehe durch eine hell beleuchtete Halle, sieht eher aus

wie der Empfangsbereich eines Hotels. Rechts ist sogar eine Garderobe.

Der Konzertsaal hat eine Schräge wie in einem großen Kino, und vorne auf der Bühne wird gerade umgeräumt. Bin wohl gerade recht gekommen. Die Vorbands sind fertig, noch genug Zeit, sich ein Bier zu kaufen.

Ich blicke durch den Raum und suche ein bekanntes Gesicht. Die Leute sehen alle etwas trübsinnig aus, aber das ist bei Super-700-Konzerten ja immer so. Als ich mir den Weg zur Bar bahnen will, bildet sich die Schneise wie von selbst. Das Durchschnittsalter liegt ungefähr bei dreißig. Einige sitzen auf den Stufen, andere stehen.

An der Bühne treffe ich ein paar Bekannte. Die Freundin des Gitarristen ist vollkommen aus dem Häuschen. Komischerweise gibt es für Frauen nichts Großartigeres, als wenn ihr Freund mit einer Gitarre auf der Bühne steht. Sie umarmt mich überschwänglich, und dann redet sie schon wieder mit jemand anderem. Ich bestelle mir ein Bier und setze mich zu Margarethe und Christian. Sie ist frischgebackene Ärztin, er ist Ingenieur bei BMW in München. Beide sind sehr freundlich und reden nicht zu viel.

Auf der Bühne erscheint jetzt ein etwas hysterischer Moderator.

»Seid ihr berei-ei-t?«

Das zieht vielleicht auf der Bravo-Supershow, aber hier sicher nicht. Er ist wahrscheinlich auf Koks, so wie er schwitzt, aber trotzdem merkt er, dass er's verkackt hat:

»Na, dann warten wir noch ein bisschen, wenn ihr nicht bereit seid.«

Keine Reaktion beim Publikum. Ich freue mich, und der Typ verschwindet wieder, und wir stehen auf, um die Bühne zu sehen. Die Nebelmaschinen fangen an zu pusten, und aus dem Off ertönt ein Auszug aus irgendeinem Science-Fiction-Hörspiel – Perry Rhodan oder so.
Die Lichter fangen an zu blitzen, und dann geht die sphärische Musik los: Niemand tanzt, aber alle wiegen sich so komisch, fast wie in Zeitlupe, hin und her.
Die Musik gefällt mir, alles plätschert so unaufgeregt dahin, und dann ist das Konzert vorbei. Alle klatschen und sehen irgendwie zufrieden aus.
Die After Show Party findet in einem Raum hinter der Bühne statt. Eigentlich ist es mehr ein gemeinsames Abhängen.
Ich fühle mich blöd, denn jetzt wäre es wohl an der Zeit, den Jungs und Mädels zu sagen, wie toll die Show war, doch es verträgt sich schlecht mit meinem Ego, jemandem so in den Arsch zu kriechen.
Ich frage mich, ob sie es wohl schaffen oder nicht und ob es wohl viele gute Künstler gibt, die nie wirklich erfolgreich werden. Wahrscheinlich gibt es da schon den einen oder anderen.

Da sitzt sie dann endlich. Sieht fast aus wie Suvi, ist sie aber nicht. Ein bisschen kleiner und zarter – in einem Sechziger-Jahre-Halbkugel-Sessel und raucht.
Ich gehe hin, und auf dem Weg unterdrücke ich alle Gedanken, denn ich weiß, wenn ich jetzt zu viel überlege,

kommt entweder gar nichts mehr raus oder nur irgendein Scheiß, bei dem man gleich merkt, dass ich vorher drüber nachgedacht habe.

»Junge, Junge, du siehst jemandem so ähnlich, das gibt es gar nicht.«

»Aha, die Person würde ich ja gerne mal kennenlernen.«

»Das könnte schwierig werden.«

»Ich heiße Julia.«

BOSTON

Julia liegt auf dem Bauch und mein Kopf auf ihrem Ober-
schenkel. Vor uns die schmutzige Bucht von Savin Hill.
Die Bewohner von Dorchester nennen den Strand Malibu
Beach. Es riecht nach altem Seetang.
Um den Strand führt ein befestigter Weg aus Holzplanken,
auf dem Studentinnen in grauen NYU-Kapuzenpullovern
entlangjoggen.

***

Das lief alles eigentlich ganz einfach ab bei dem Konzert.
Wir gingen noch im Intersoup was trinken – das ist natürlich ein super Ort, weil man sich da immer ohne Schuhe
auf Teppichen rumfläzt, und sie erzählt, wie sie erst in
London Fotografie studiert hat und sich jetzt in Berlin an
der UDK bewirbt und ob ich nicht mal ihre Mappe an-
schauen möchte. Und ja, ich will diese verfluchte Mappe
wirklich sehen. Und dann legt sie sich in meinen Schoß,
und ihre Brüste berühren mich dauernd, und weil ich
schließlich nicht blöd bin, weiß ich ganz genau, dass sie
das absichtlich macht. Also beuge ich mich runter und
will sie küssen, aber sie dreht sich weg. Und dann guckt sie
mich an und fragt: »Hast du eine Freundin?« Und weil ich
nicht zu strange rüberkommen will, kann ich mir gerade

noch verkneifen, zu sagen: »keine lebendige«. Stattdessen schüttel ich den Kopf, und dann küsst sie mich, und zwar ganz gut. Und dann fängt sie an, an meinem Ohr zu saugen, und ich höre ihr Atmen ganz laut und darunter ein leises Stöhnen, und ich habe eine Erektion, und sie weiß das natürlich.

Der beste Kuss ist immer der erste, danach geht es nur noch bergab. Vielleicht sollte man sich überhaupt nur einmal küssen.

Ich fahre ganz kurz über ihre Brüste, weil ich es total peinlich finde, wenn Paare in der Öffentlichkeit halben Geschlechtsverkehr haben. Ihre Brüste sind etwas größer als Suvis, und ich kann fühlen, dass sie einen Spitzen-BH trägt, was ich ein bisschen schade finde, denn durch Spitze kann man eigentlich gar nichts fühlen. Das Küssen geht noch eine ganze Weile weiter, und dann ziehe ich mir demonstrativ die Schuhe an, und wir gehen zu ihr.

***

Wir klettern die Bucht wieder hoch und steigen über den kleinen Zaun in den Garten meines Onkels Uwe. An dem kleinen Teich steht eine nackte David-Statue, und überall ranken gelb blühende Zucchini und fette, saftige Tomaten an den Sträuchern. Nicht die beschissenen roten Supermarkttomaten, die gut riechen und scheiße schmecken, sondern individuelle Tomaten mit intensivem Geschmack: gelbe, grüne, orange-farbene, rote Tomaten… große und kleine, die so prall aussehen, als wollten sie gleich platzen. Solche, die man nur mit ein bisschen Salz essen kann und die dann wirklich schmecken. Nicht so wie die Scheiße, die irgendwelche

68er in Berlin bei Charlottenburger Italienern mit zu großen Pfeffermühlen in sich reinstopfen. Ein Mann mit einem kleinen Penis kauft sich eine große Pfeffermühle mit Porsche-Mahlwerk, mit ganz viel Basilikum, damit man überhaupt was schmeckt. Oder Hippiestudentinnen in Neukölln, die mit Erasmus nach Valencia gehen und billige Hühnerbrüste im Ein-Kilo-Pack im Türkenmarkt kaufen und dann blöde Witze darüber machen, dass es schon pervers ist, dass so viel Fleisch nur 2,59 kostet, weil sie ja alle »We feed the World« geguckt haben und das »irgendwie schon krass« fanden, wie tausend Hühner mit Dritter-Reichs-Präzision auf dem Fließband durchs Hühner-KZ sausen.

Wie alle Häuser hier ist auch dieses aus Holz gebaut, auf der Veranda hängt die amerikanische Flagge. Ein weißer und ein schwarzer Pudel rennen herum und kläffen den Libellen hinterher. Und das ist jetzt kein Witz: Die Pudel heißen Giorgio und Fabio.
Drinnen steht Uwe mit einer Kochmütze auf dem Kopf und frittiert mit Frischkäse gefüllte Zucchiniblüten in der gigantischen Küche.

∗∗

174 geteilt durch x ergibt die optimale Falltiefe für den *Longdrop* in Metern, wobei x das Körpergewicht des Hinzurichtenden in Kilogramm darstellt.
Der Vorteil beim *Longdrop* ist der schnelle Todeseintritt. Das Genick bricht üblicherweise zwischen den Halswirbeln eins und zwei. Dieser Bruch wird daher auch als *Hangman's Fracture* bezeichnet.

Der Zahnfortsatz des zweiten Halswirbels bricht ab und bohrt sich in die Medulla oblongata, das verlängerte Mark. Das Gehirn wird also vom Rückenmark getrennt.

Wenn der Henker nicht rechnen kann und das Seil zu lang wählt, ist der Impuls bei der Seilstraffung so stark, dass der Kopf vom Körper abgerissen wird – so zum Beispiel geschehen bei dem bekannten Postkutschenräuber Tom »*Black Jack*« Ketchum, dem wohl populärsten Mitglied der »Hole-in-the-Wall-Gang«.

***

Julia fängt jetzt auch an, Zucchiniblüten zu stopfen, und erzählt Uwe und mir von ihrer Fotoausstellung in Tokio und wie sie dort mit einer Freundin durch die Clubs gezogen ist. Dann kam ein japanischer Sarariiman zu ihr und fragte, ob er nicht ein paar Fotos von ihr in seinem Studio machen dürfe, er sei Fotograf. Und da habe sie gelacht und ihm auf Englisch erklärt, dass diese Masche heute nicht mehr funktionieren würde. Und am nächsten Tag ging ihr Flug nach Frankfurt, und sie hätte fast den Flug verpasst, weil sie im Wartebereich eingeschlafen sei.

Ich drifte kurz ab, und als ich wieder hinhöre, erzählt sie wieder von einem Freund aus London, der einen so großen Penis habe, dass seine Freundin nur einmal im Monat mit ihm Sex habe, und dann schaut sie mich an und fragt, ob man einen Penis chirurgisch verkleinern könne, und ich erkläre, dass mir kein Operationsverfahren bekannt sei, mit dem so etwas möglich wäre.

Uwe hat eine etwas tuntige Art drauf, die aber auch schon wieder ein bisschen cool ist, und stößt immer

anerkennende Laute aus (»Oho«), wenn es um den großen Schwanz geht.

Ich kenne diese Storys alle schon, und mir wird mehr und
mehr klar, dass die Kleine eine mittelschwere histrioni-
sche Persönlichkeitsstörung hat. Das äußert sich vor allem
dann, wenn noch andere Personen dabei sind, denn ihre
Geschichten haben keine andere Funktion, als sie selbst in
den Mittelpunkt zu stellen.

Wahrscheinlich ist das so, weil sie aus Ostdeutschland
kommt. Im Gegensatz zu den meisten Menschen finde
ich Ostdeutschland ja besser als Westdeutschland, weil die
Menschen da authentischer sind. Aber als Ostdeutscher
kriegt man immer suggeriert, man sei provinziell, und
gerade ostdeutsche Frauen müssen dann immer ins Ausland fahren und Erasmus machen und Arabisch lernen
oder so einen Quatsch, um zu beweisen, dass sie keine
Hinterwäldler sind. Die ostdeutschen Männer sind da entspannter, die haben auch mehr Vertrauen in den Osten,
aber leider laufen denen ja die Frauen weg.

***

Wenn sich ein Mensch erhängt, sammelt sich das Blut in
den am niedrigsten gelegenen Körperteilen und führt dort
zu Schwellungen.

Es beginnt in den Füßen, um dann immer höher zu steigen. Wenn es die Lenden erreicht hat, gibt es eine heftige
Erektion des Penis bzw. der Klitoris, die tagelang anhält.
Dies führt nicht selten zu einer gewissen Verunsicherung
bei den Hinterbliebenen, die den Erhängten zuerst auf-
finden.

Wenn der Schwanz dann auch noch so groß ist wie der von Julias Freund aus London, wird es besonders bizarr. Man könnte meinen, das sähe man nicht unter der Hose, aber komischerweise ziehen sich viele Menschen vor dem Selbstmord nackt aus.

**

Uwe hat eigentlich ein super Leben – hat sich einen Architekten an Land gezogen, der die Woche über in New York arbeitet und nur am Wochenende da ist. So ein richtiger Sugardaddy. Jetzt sitzt er hier rum in der pinken Holzvilla und kocht, macht Ikebana und lässt es sich gut gehen.
Schwule haben den Hedonismus halt einfach raus – weiß der Teufel, warum das so ist. Ich schalte um auf Fox und schaue mir die Rede des iranischen Präsidenten an der Columbia an, wo dieser gerade dabei ist, zu erklären, es gäbe im Iran keine Homosexuellen.
An diesem ganzen Amerikading gefällt mir eigentlich am besten, dass man sich nicht die ganze Zeit das Linksparteigequatsche anhören muss wie in Berlin: »Es entspricht der Profitlogik des Kapitals, zur Ausbeutung Fachkräfte aus dem Ausland zu rufen, was zugleich dem Lohndumping im Inland dient«, oder so, wo ich nur sagen kann: »Geh sterben, du Spast!«.

**

In jeder Stadt gibt es einen Selbstmordschrein, die Medien wissen natürlich Bescheid, aber aus Angst vor dem Werther-Effekt wird nicht darüber berichtet. Seit es das Internet gibt, wird es natürlich immer schwieriger, die Schreine geheim zu halten. Der erste Schrein, der bekannt wurde, war die Golden Gate Bridge in San Francisco. Nach dem 499ten Springer im Jahre 1973 positionierten sich die Reporter der Lokalpresse mit Kameras an der Brücke. Einem jungen Mann, der ein T-Shirt mit dem Aufdruck »500« trug, konnten die Polizisten den Selbstmord ausreden. Der 26-jährige Steven Houg war unauffälliger und schaffte es, den Polizeikontrollen zu entgehen. Die Kameras verpassten seinen Sprung.

1995 näherte sich langsam der tausendste Springer, und ein lokaler Radiosender bot eine Kiste Snapple für die Familie von Nummer 1000. Leider verhängte der Presserat einen Tag vor dem großen Ereignis ein Berichterstattungsembargo. Ob die Familie des jungen Brandon Adkins ihre Kiste Snapple einforderte, ist nicht bekannt.

***

Der Sugardaddy ist nach Hause gekommen, und wir trinken Rotwein.

Julia redet immer noch. Es scheint fast, als wäre sie sozusagen in den Fluss ihrer Worte hineingeboren worden, diesen niemals endenden Strom von Geschichten über sich selbst.

Jetzt geht es mal wieder darum, wie sie als Studentin in London kein Geld hatte und immer so dünn war, dass alle dachten, sie sei anorektisch und dass sie trotzdem immer ihre Sandwiches mit den Pennern geteilt habe, die vor der Kunsthochschule rumhingen.

Uwe findet diese Storys alle super – er hängt, glaube ich, einfach zu viel in dieser Villa rum.

Der Sugardaddy heißt eigentlich Steven und ist schwer einzuordnen. Ein schwuler Amerikaner mit jüdischen Wurzeln, der gleichzeitig Republikaner ist und Barack Obama hasst.

***

Ein weiterer bekannter Selbstmordschrein ist der Mihara-Vulkan in Japan. Bekannt wurde er vor allem durch den Film »Godzilla – die Rückkehr des Monsters«, in dem der Wissenschaftler Dr. Hayashida die Echse mithilfe von Ultraschallwellen zu dem Vulkan lockt und durch geschickt platzierte Sprengladungen in die Lava des Vulkans befördert.

Wer dem Monster nacheifern will, kann von einer Plattform am Kraterrand direkt in die Lava springen.

***

Wir sind alleine in unserem Zimmer unterm Dach. Julia reitet auf mir, und sie hat wieder mein Ohr im Mund, und ich kann ganz tief in sie hineinhören, bis dahin, wo der heiße Atem herkommt, und irgendwie komme ich mir vor, als würde ich dadurch zu sehr in sie eindringen, als wäre dieses Hineinhören in ihr tiefstes Inneres noch viel intimer, als mit ihr zu schlafen, und als hätte ich gar kein Recht, so in sie hineinzuhorchen: ERD-INNERES. *Bei Menschen findest du manchmal ein Stück geschliffenes Ur-Leid oder – aus altem Vulkan – schlackig versteinerten Zorn.*

Plötzlich hört sie auf, sich zu bewegen, und sagt: »Du kannst mit mir machen, was du willst.« Und ich frage mich, ob das bedeutet, dass sie Analsex haben will, aber wie genau ich das rausfinden soll, weiß gerade auch ich nicht– also ignoriere ich das Ganze. Ich weiß nicht genau, warum, aber diese Ansage törnt mich total ab. Kein Kerl will eine Frau, die einfach alle sexuellen Wünsche erfüllt. Mittlerweile hat sie auch schon den dritten Orgasmus. Und irgendwie nervt auch das mich extrem, so als könnte man einfach alles in sie reinstecken, und dann kommt sie. Und sie erzählt dauernd so 'ne Scheiße, von wegen Sex sei für sie noch wichtiger als Schlafen und Essen, und in London habe sie nur Kunst gemacht und gefickt und sei noch magerer geworden. Aber wenn ich jemanden ficken will, der so schnell kommt, dann kann ich mir auch 'nen Kerl suchen.

***

Interessanter sind natürlich die weniger bekannten Selbstmordschreine. Der Berliner Hauptbahnhof zum Beispiel. Wegen der offenen Bauweise kann man vom S-Bahn-Gleis 13 in der zweiten Ebene die 72 Meter auf das ICE-Gleis nach Leipzig im Keller springen. Bisher hat es jedoch noch niemand geschafft, direkt nach dem Sprung vom ICE überfahren zu werden.

***

Wir sitzen in Stevens fettem, vierradgetriebenem Landrover und fahren ins Southend, wo ein Winetasting stattfindet. Auf dem Nummernschild steht »BOYTOY«. Steven ist ein sehr ordentlicher Typ. Anscheinend haben die beiden gecheckt, dass mir Julia gerade gehörig auf die Nerven geht, und einen Plan ausgeheckt, durch den wir mal ein paar Stunden Abstand bekommen.

Das Haus ist aus roten Backsteinen – ein Reihenhaus, etwas weniger breit als ein europäisches Reihenhaus. Hier in der Fleetstreet sehen alle Häuser so aus. Vielleicht zwölf Meter breit – es geht eine kleine Treppe hoch, und dann klingelt man. Auf dem Messingschild steht der Name in schöner schnörkeliger Schrift, aber ich lese ihn gar nicht. Die Tür geht auf, und da steht ein hagerer Herr um die 65. Steven stellt mich vor:

»This is the Merlin from Berlin ... Uwe's nephew.«

»Great, Merlin – we're always interested in new opinions here.«

Er reicht mir die linke Hand, und als mein Blick an seinem weißen Hemd hinunterfährt, bemerke ich, dass ihm die rechte Hand fehlt. Irgendwie macht ihn das interessant, erfolgreiche Amerikaner haben ja oft so eine Schöpfungslegende, die ihren Reichtum umgibt – ein Hindernis, eine Behinderung, die es zu besiegen galt, an der man erstarkt ist. Wie dem auch sei, drinnen ist es verflucht europäisch eingerichtet – könnte genauso irgendwo in Paris sein. Alte Massivholzmöbel, Marmorboden und tatsächlich echter Stuck an den Decken. Ein Dalmatiner springt herum, und Steven erklärt mir, das sei »Sven-Olaf«. Very strange.

Am Tisch sitzen circa fünf Leute zwischen Ende zwanzig und Mitte sechzig. Nur eine Frau ist dabei, aber die ist echt knackig mit festen kleinen Brüsten und einem unbestimmt asiatischen Einfluss – später finde ich raus, dass ihre Mutter Indonesierin ist. Ein gut aussehender Schwuler, der aber ein bisschen zu arrogant rüberkommt, außerdem ein junger »Accountant«, der trotz seiner Jugend schon grau wird und so ein bisschen aussieht wie David Bowie, ein Softwaretyp und ein älterer Kerl mit Schnurrbart, der die kleine Asiatin mit den Augen aufisst.

Ich stelle mich artig allen vor und setze mich zu der Frau. Sie heißt Melissa und ist Lobbyistin im Gesundheitswesen – was auch immer das heißen mag. Anscheinend sucht sie jemanden zum Heiraten, was sonst macht sie hier?

Auf der Bar stehen acht Flaschen Wein; eine weiße und sieben rote. Alle Flaschen sind schon geöffnet – zum Atmen. An jeden Platz liegt eine Liste mit den Weinen, die heute verkostet werden. Ich bereue jetzt schon, hergekommen zu sein, schließlich habe ich absolut keine Ahnung von Wein. Es geht mit dem weißen los, und Steven liest eine Analyse irgendeines Sommeliers vor. Erst beschreibt er die »Nase« des Weins, dann geht es weiter mit der Farbe und dem Geschmack, am Ende gibt es eine Gesamtnote. Dieser hier hat 94. Es wäre natürlich gut, zu wissen, von wie viel, aber ich vermute mal von hundert. Während Steven liest, geht die Flasche herum. Jeder hat zwei Gläser vor sich stehen und gießt sich in das linke ein. Alle probieren schon einmal, aber nicht so affig, wie man das in Europa macht: mit Kauen, Luft einsaugen und Ausspucken. Alle trinken einfach ganz normal.

Der Wein ist lecker.

»I want to hear Merlin's opinion first.«, sagt Steven, und ich frage mich verdammt noch mal, warum er das tut und ob er mich hier bloßstellen will, allerdings würde das kaum zu ihm passen. Also bin ich ehrlich und sage, was mir durch den Kopf geht.

»Well, I think it's a nice, light wine, good for a warm summer evening.«

Alle schauen mich ein bisschen verwirrt an, das war nicht die gesuchte Antwort. Aber weil die Amerikaner einfach so supernett sind, lässt sich keiner was anmerken, und man geht einfach darüber hinweg.

Ich merke schnell, dass die Asiatin auch keine Ahnung hat, und fühle mich nicht so alleine. Als der Letzte in der Runde seine Meinung kundgetan hat, kippen alle ihren Wein in die Schüssel in der Mitte.

Nach dem letzten Wein bin ich ordentlich betrunken, die Schüssel ist voll.

Ich stehe auf und gehe aufs Klo, der verrückte Dalmatiner läuft um mich rum und reibt sich an mir. Auf der Toilette mache ich schnell die Tür zu, bevor der Hund reinkommt. Der Raum dreht sich im Kreis. Ich habe das immer für eine Urban Legend gehalten, aber jetzt dreht sich der Raum wirklich, allerdings nicht in der Horizontalen, wie im Karussell, sondern in der Vertikalen wie in einem Looping in der Achterbahn. Ich drehe den Wasserhahn auf, damit man mich draußen nicht hört, knie mich vor das Becken und stecke mir den Finger in den Hals.

Allergien sind eine Wohlstandskrankheit, arme Leute haben keine Allergien – ich habe eine Menge davon. Allergiker kann man gut an ihrem Aussehen erkennen, sie haben lauter kleine Kainsmale, sogenannte Atopiestigmata, eines davon ist die Lichtung der Augenbrauen an der lateralen Seite – das Herthoge-Zeichen. Ein anderes Mal ist der fehlende Würgereflex. Für mich ist es immer eine ziemliche Qual, wenn ich mir den Finger in den Hals stecke, aber heute klappt es. Ich kotze das rote, sauer riechende, brockige Brackwasser aus. Dann spüle ich mir den Mund und gehe wieder runter.

***

Am 14. April 1912 gegen 23:30 Uhr saß der 24-jährige Frederick Fleet im Krähennest der RMS Titanic und hielt Ausschau nach Eisbergen. Der aus Liverpool stammende Junge war von seinen Eltern als Baby vor einem Waisenhaus ausgesetzt worden und nur knapp dem Erfrieren entgangen. Mit zwölf fuhr er zum ersten Mal zur See und war von da an auf den Ozeanen zu Hause.

In jener Nacht im Jahre 1912 war das Wasser ruhig, und kein Lüftchen wehte.

Um Punkt 23:39 Uhr erblickte Frederick den gigantischen Eisberg direkt vor der Titanic. Er läutete die Schiffsglocke dreimal. Genau beim dritten Mal ging ein lautes Beben durch das Schiff, und der Matrose wusste, dass es jetzt vorbei war. Unten gerieten die Massen in Panik und versuchten, einen Platz in den Rettungsbooten zu ergattern. Frederick saß im Krähennest und dachte darüber nach, wie seine Mutter wohl ausgesehen hatte. Doch sein Vorstellungsvermögen verließ ihn, und so stieg er hinab und nahm als letzter Mann im letzten Rettungsboot Platz – dem Rettungsboot Nummer 6.

Die nächsten 24 Jahre segelte Fleet auf diversen Schiffen um

den Globus. Als er älter wurde, arbeitete er als Zeitungsverkäufer an einer Straßenecke im Southend von Boston.
Am 10. Januar 1965 hängte Fleet sich auf.

**

Ich komme die Treppe runter, und alle sind dabei, aufzu-
brechen. Steven bequatscht die Asiatin gerade – und obwohl ich nichts verstehen kann, weiß ich genau, was er da
gerade versucht.
»Oh Merlin … Melissa is gonna show you around the
Southend a bit.« Also verabschieden wir uns, und Melissa
hakt sich bei mir ein. »All the bars are closed now except
for one.«
Wir promenieren ein bisschen durch die Straße und biegen rechts ab in eine schöne Allee mit Laubbäumen und
den kleinen Backsteinhäusern. »Here it is«, sagt sie und
holt einen Schlüssel aus der Tasche.
Die Wohnung ist ziemlich groß und auch nicht so amerika-
nisch, abgesehen vielleicht von dem riesigen Kühlschrank.
Der Boden ist aus dunklem Parkett, und die Wände sind
nicht tapeziert, stattdessen schaut man direkt auf den roten
Backstein. Irgendwie erinnern mich diese Wände an die
Bill-Cosby-Show. Sie hat tatsächlich eine Bar im Wohn-
zimmer – eine richtige Bar, die in den Boden eingelassen ist.

»What do you want?«

»What have you got?«

»Anything you can think of.«

138

Ich nehme einen Pimm's mit Sprite, und sie macht sich auch einen. Meine Laune bessert sich gleich, so sehr freue ich mich, dass sie tatsächlich Pimm's da hat. Ich bin zwar ziemlich betrunken, aber trotzdem weiß ich genau, dass sie nicht mit mir schlafen will. Sie ist eine von den komischen Frauen, die einen total heißmachen, sogar mit nach Hause nehmen und dann auch noch mit einem im Arm einschlafen wollen. Und dann liegt man doof da – im Arm die schlafende Schönheit mit engem weißem Top und schwarzem Höschen, und man ist so was von angeschmiert, das gibt es gar nicht. Und weil ich smart bin, kippe ich schnell den Pimm's runter, gebe ihr einen Kuss auf die Wange, sage: »I gotta leave« und stolpere hinaus in die Nacht.

Was denkt sich Steven, eigentlich? Dass ich hier seine private Soap Opera mache, oder was? Holy shit.

Die Straßen sind menschenleer, aber bald kommt mir ein Taxi entgegen. Ich steige hinten ein und ab nach Savin Hill.

***

In der Nacht vom 18. auf den 19. November warf ein Pilot der Royal Air Force die erste Bombe über Berlin ab. Während sich Donald Haviland in seiner Avro Lancaster im Anflug auf die Hauptstadt befand, saß Klaus Wilgert, der Elefantenpfleger des Berliner Zoos, zu Hause in der Sophie-Charlotte-Straße und aß mit seiner Frau zu Abend. Es gab Graupensuppe. Um 20:17 Uhr erschallten die Sirenen über Berlin, und Klaus und seine Frau flohen in den Keller ihres Hauses.

Um 20:37 Uhr löste Donald den Abwurfmechanismus

aus. Das Ehepaar Wilgert und der Rest des Hauses saßen im Keller und begannen zu zählen, als das ferne Donnergrollen der Maschinen hörbar wurde:

Einundzwanzig

Zweiundzwanzig

Dreiundzwanzig

Vierund-

Um 20:38 Uhr schlug die erste von Donald Haviland abgeworfene Bombe im Elefantenhaus des Zoologischen Gartens ein und tötete Berlins einzigen Elefanten »Heinz«. Nach dem Krieg wurde Donald Postbote im Londoner East End und Klaus Pfleger im Affenhaus des neu aufgebauten Zoologischen Gartens.

Am 3. September 1959 wurden sowohl Donald als auch Klaus von ihren Frauen tot aufgefunden, den Kopf im Gasherd. Der Elefant Heinz hatte sie bis zum Tode in ihren Träumen heimgesucht.

***

Während ich an den Elefanten Heinz denke, wird mir eins mehr und mehr klar: Ich muss Julia loswerden. Diese narzisstische Irre, die beim Sex schwitzt und einfach viel zu viel Scheiße erzählt.

»Hey, forget what I said, take me to Logan Airport«, sage ich zu dem Taxifahrer.

Schlüssel, Handy und Kreditkarte habe ich schließlich dabei, und Uwe und Steven werden es bestimmt tierisch cool finden, dass ich mich einfach so verpisse. Die Schwulen stehen halt auf markante Kerle. Also.

***

Als das Nicht-Rauchen-Lämpchen angeht, hole ich mein Handy raus und schreibe schnell noch an Uwe:
»Ich bin weg. Halt es mit der Kleinen einfach nicht aus. Haste ja schon gemerkt. Fliege jetzt zurück nach good old Europe. Cheers.«

FRANKFURT II

Ich sitze auf dem Dach des IG-Farben-Hauses und schaue Richtung Westbahnhof. Unten springen lauter kleine, bunte Studentenpunkte herum. Wenn ich jetzt runterspringen würde, hätten die auf jeden Fall den Schock ihres Lebens weg. Ich seh schon die Schlagzeilen.

Aber irgendwie wär' das auch Scheiße. Was wird denn aus dieser Gesellschaft, wenn alle Akademiker vom Dach springen? Schließlich hab ich auch eine demografische Verantwortung.

Ich denke an Suvi. Diese furchtbare Schwere in ihrem Fühlen, als wäre jeder ihrer Gedanken aus flüssigem Blei. Ich sitze auf meinem Stuhl und schaue meinen Schatten an, wie er immer näher an den Dachrand wandert, während die Sonne hinter mir untergeht. Irgendwann sind keine Studenten mehr da, und hinten glitzern die Hochhäuser in tausend Lichtern.

**

Der Wombat sitzt auf den Schienen herum und zerbeißt gerade ein Schneckenhaus. Seit Suvi nicht mehr da ist, ist es langweilig geworden hier am Westbahnhof. Glücklicherweise ist die Sache heute Nacht vorbei.

**

Aus Richtung Taunus höre ich ein dröhnendes Geräusch.
Es ist eine Fliegerarmada der Royal Air Force. Ich zähle:
Einundzwanzig
Zweiundzwanzig
Dreiundzwanzig
Vierund-